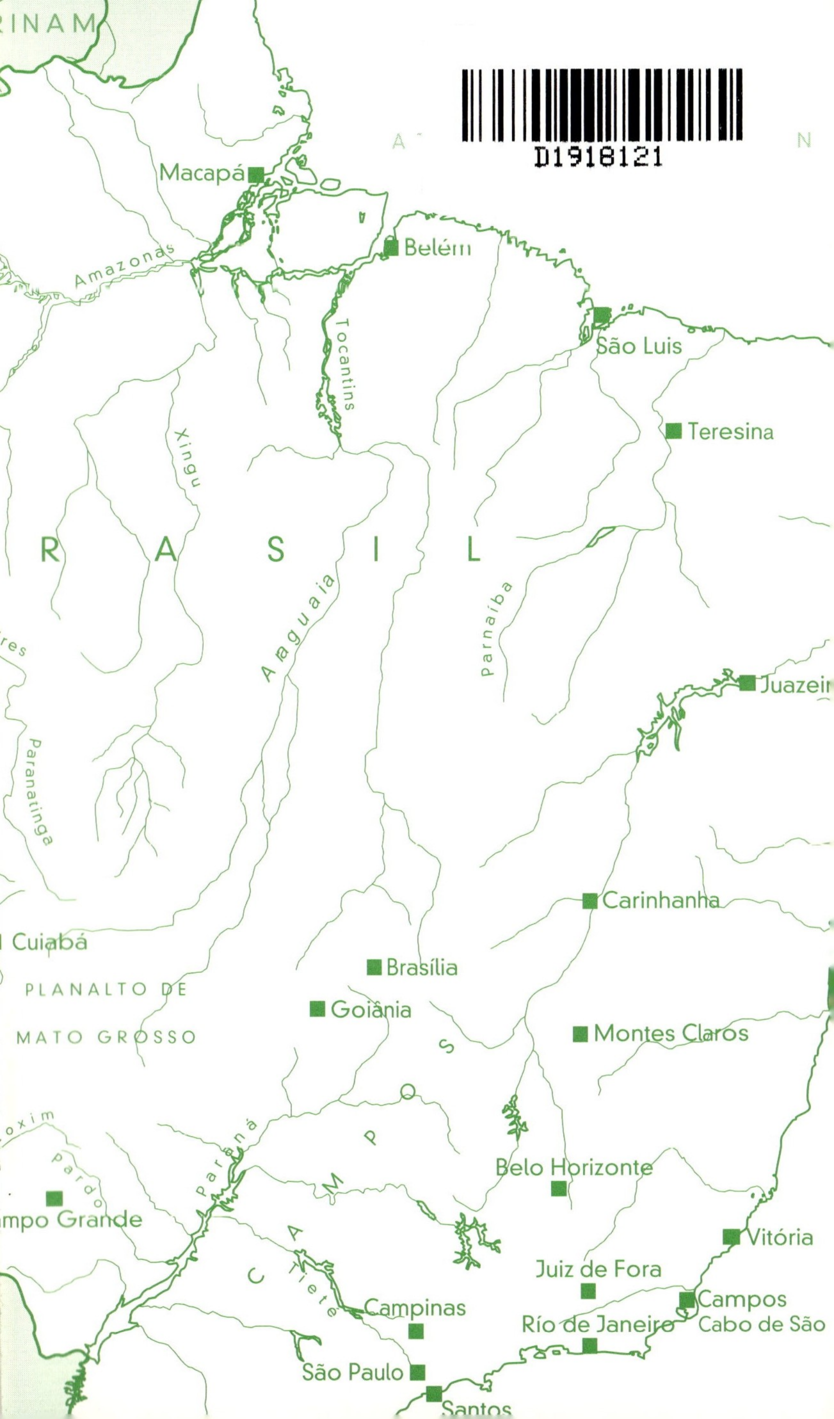
RINAM
Macapá
Amazonas
Belém
São Luis
Tocantins
Teresina
Xingu
R A S I L
Araguaia
Parnaíba
Paranatinga
Juazei
Carinhanha
Cuiabá
PLANALTO DE
MATO GROSSO
Brasília
Goiânia
Montes Claros
CAMPOS
oxim
Paraná
Pardo
Belo Horizonte
mpo Grande
Vitória
Juiz de Fora
Tietê
Campinas
Campos
Río de Janeiro
Cabo de São
São Paulo
Santos

Blümen bar

Anne Zielke

Arraia

Novelle

blumenbar Verlag

Das Buch

Eine Reise ins brasilianische Niemandsland Anfang der siebziger Jahre. Die Theologiestudenten Wilmar Olaf Hegenberg und Georg Santin haben gerade ihr Priesterpraktikum in Cruzeiro do Sul angetreten. Sie arbeiten noch nicht lange in der Missionsstation, da verschafft ihnen ein unerwarteter Todesfall die Gelegenheit, die Flüsse des Urwaldes zu befahren. Begeistert brechen sie auf. Doch auf engstem Raum wachsen die Spannungen zwischen den beiden Gefährten, je tiefer sie in den Wald eindringen. Hegenberg glaubt an die Macht von Willen und Disziplin; Santin ist nachlässig und folgt seinen Launen. Es ist nur noch eine Frage der Zeit, bis sie sich offen bekämpfen – da geschieht ein Unfall. Auf einmal ist der eine auf den anderen angewiesen.

In klassisch strenger Form und auf hohem sprachlichen Niveau erzählt Anne Zielke von einer Grenzsituation, in der die Folgen des eigenen Handelns nicht mehr umkehrbar sind.

Die Autorin

Anne Zielke, geboren 1972 in Dresden, aufgewachsen in der Bundesrepublik, wohnt in Berlin und arbeitet an ihrem nächsten Buch. »Arraia« ist ihre erste literarische Veröffentlichung.

I.

Man konnte den Wald förmlich riechen. Das war eine seltsame Vorstellung, die Wilmar Olaf Hegenberg mit einem Mal in den Sinn kam, denn er befand sich hoch über dem Wald in der eisigen Luft, von der ihn ein doppelwandiges Fenster trennte. Er sah, wie sich Rauchschwaden vom einfarbig immensen Grünen unten am Boden, an einigen Stellen rötlich vernarbt, nach oben in die höheren Luftschichten wälzten; dem Flugzeug entgegen, das anscheinend bereits die Landebahn von Cruzeiro do Sul ansteuerte, denn eine unangenehme Leichtigkeit hatte sich kurzzeitig in Hegenbergs Körper ausgebreitet, und in seinen Ohren knisterte es. Er schluckte. An bestimmt zehn oder fünfzehn Stellen stieg aus dem Grün Rauch auf. Der Geruch, der sich in Hegenbergs Kopf ganz von allein dazugesellte, war nicht der beißendheiße, von Asche durchsetzte Qualm verbrannten Waldes, sondern kräftig und harzig, beherrscht und geformt vom Anblick des gewaltigen, sogar den Rand des Horizonts überwuchernden Waldes. Das Sterben war nicht wichtig. Hier lebte alles. Seine Hände wurden feucht. Auch Angst war etwas Lebendiges.

Eine lange Reise ist es, die Hegenberg angetreten hatte. Er wollte für fünf Monate ein Praktikum in Cruzeiro do Sul machen, wo ihn sein Studienkamerad Georg Santin, der zwei Wochen vor ihm aufgebrochen war, erwartete. Mit dem Flugzeug geht es über den Atlantik nach São Paulo, von dort zunächst nach Cuiabá, der Hauptstadt des Mato Grosso, die man früher erst nach hundert Tagesreisen erreichen konnte. Wie oft hatte Hegenberg daheim den Atlas in die Hand genommen und war der Route gefolgt. Im Geist hatte er die Bandeirantes vergangener Zeiten begleitet, während er Reise- und Missionarsberichte verschlang, und seit langem träumte er von nichts anderem – einmal, wie damals die Pioniere, eine Reise mit dem Boot zu machen. Allein wollten er und Georg Santin die Flüsse des Waldes befahren. Dazu waren sie entschlossen.

Den historischen Weg von São Paulo in den Mato Grosso kannte Hegenberg genau. Er hatte ihn sich auf seinen träumerischen Exkursionen eingeprägt: Den Tiêté hinunter bis zu seiner Mündung in den Paraná, von dort bis zur Vereinigung mit dem Pardo, dem man bis in seine Quellgebiete folgen mußte. Dann über Schneisen viele Kilometer durch den Wald, bis man die Wasserscheide zwischen dem Paraná und dem Paraguai überwunden hatte und die Wasser des Coxím und des Taquarí tief genug waren, die Boote hinunterzutragen auf den Paraguai, in den sich schließlich der Cuiabá ergoß. Den endlich reiste man hinauf bis zu den gleichnamigen Minen. Aus dem Flugzeug konnte Hegenberg sehen, wie es entlang der mächtigen Ströme bald nur noch vereinzelt Siedlungen gab; Flecken wie Vila Bela, von dem man sich erzählt, daß seine Straße mit den Schädeln geschlachteter Ochsen gepflastert sei. Mehr und mehr schloß sich der Wald. Von Cuiabá aus liegen nochmals zweitausend Kilometer vor dem Reisenden. Man fliegt in nordwestlicher Richtung nach Guajará-Merim, wo die Fluggesellschaft zum Essen einlädt, von dort nach Norden, bis man Porto Velho erreicht, Hauptstadt des Staates Rôndonia, und schließlich Rio Branco. Jeden Donnerstag um sechs Uhr startet der Anschlußflug nach Cruzeiro do Sul, mit Zwischenstationen in Feijó und Tarauacá, manchmal auch in Sena Madureira.

Wie viele Starts und Landungen waren das gewesen! Wenn es steil nach oben oder, schlimmer noch, nach unten ging, bekam Hegenberg es mit der Angst zu tun. Solange die Maschine auf Reisehöhe war, boten die unten liegende Welt, die Wolkenkulissen, der alles riesig überwölbende Himmel einen so entrükkenden Anblick, daß Hegenberg sich beruhigte und ihm das Flugzeug wie ein leise dahingleitendes, den Wolken verwandtes Ding vorkam. Das änderte sich, sobald die Maschine der Erde nahe war; wenn sie auf einmal ächzte, ein schweres, grob zusammengeschweißtes Monstrum und fahrlässiges Gefährt, das, wie er nun auch beim Landeanflug auf Cruzeiro do Sul argwöhnte, nur durch glückliche Fügung sicher den Boden erreichte. – Das Flugzeug, niedrig schon, raste durch Rauch und Wolken. Wilde Kräfte rüttelten an der Maschine. Ein bißchen Mittagshimmel glomm seitwärts, wo manchmal auch der Boden stand, wenn der Pilot eine seiner abrupten Linkskurven flog und sich Hegenbergs Blick, der Verlängerung der Tragfläche folgend, in den Boden bohrte.

Da erlebte er eine innere Verwandlung. Sie währte nur einige Momente, und er bemerkte sie erst, als sie fast vorbei war; als er einen Grund dafür suchte, warum sich seine lächerliche Verkrampfung gelöst hatte und er ernst und gefaßt geworden war; Momente, in denen er etwas begriff. Wann immer das Flugzeug blind dahinraste, umhüllt von weißen und grauen Schwaden, und sich die Wahrnehmung des Verängstigten um so stärker auf das Hören konzentrierte, verwandelte jedes Geräusch der sinkenden Maschine die sonst eher selten bedachte Möglichkeit des Todes in eine bewußt erlebte Dauergegenwart. Es war ein Gefühl äußerster Klarheit, das sich Hegenbergs auf dem Abwärtsritt bemächtigte. Es vermochte den Augenblick zu beugen und alle Gedanken, die sonst in Richtung des Zukünftigen oder Vergangenen streunten, schicksalsbereit auf einen inneren Sammelplatz zu berufen. Die Gegenwart war kein flüchtiger, sie war ein ewiger Zustand. Hegenberg genoß die Reinheit dieser Vorstellung, die er bis dahin nicht gekannt hatte, und die Empfindung verband sich ganz von allein mit dem Dasein eines Waldes, der seit Tausenden von Kilometern unter ihm gegenwärtig war und also auch so etwas wie Ewigkeit beanspruchte. Ohne Kontraste hatte sich die grüne Fläche in alle Richtungen ausgebreitet, als hätte es die Welt der Formen und Unterscheidungen nie oder noch nicht gegeben; der Blick war auf der Suche nach einer Lücke gewesen, einem Berg, einer die Ungeheuerlichkeit mäßigenden Unterscheidung. Nur manchmal hatte ein verborgener Sumpf geglitzert, sich der schlammiggelbe Faden eines Igarapé durch den Wald gewunden. Sonst war es einzig der Flugzeugschatten gewesen, den man über die ewigeintönige Welt da unten huschen sah. Das Kontrastlose, das Einerlei: Bei dem Gedanken daran begriff der im Blindflug meditierende Hegenberg, daß darin etwas Paradiesisches war, denn die Ursünde hatte ja gerade darin bestanden, sich eines Unterschiedes bewußt zu werden – durch den Kontrast von Gut und Böse die Welt zu erkennen. In diesem Augenblick wußte er, daß in der Eintönigkeit des ewigen Waldes nur der Mensch einen Unterschied machen konnte und womöglich mußte; daß mit jedem, der in den Wald eindrang, der Sündenfall aufs neue statthatte, auf welche Weise auch immer. Verstrickt sein würde auch er in das ewige Spiel, aber es war kein Erschrecken bei dem Gedanken an noch nicht geformte Schuld, vielmehr ein beipflichtendes Nicken, ein Sichbeugen vor verschleierter Bestimmung.

Unten waren die weißen Sandbänke des Juruá zu sehen und erste Hütten entlang roterdiger Straßen. Als das Flugzeug aufsetzte, stoben die schuldbereiten Gedanken auseinander. Die Gegenwart wurde wieder zu nichts mehr als einem Punkt, wo Zukünftiges und Vergangenes sich kreuzten. Er, Wilmar Olaf Hegenberg, Theologiestudent im fünften Semester, war in Cruzeiro do Sul, zu deutsch Kreuz des Südens, im Staat Acre angekommen.

II.

Hegenberg schritt die Gangway hinunter, eine schwarze Reisetasche in der Hand und einen dunkelgrünen Rucksack aus gewachstem Tuch über der Schulter, während unten bereits der Laderaum der Maschine geöffnet war. Ein Mann mit nacktem Oberkörper stand in der Luke, schrie und schwenkte einen Ballen, der mit Plastikfolie und Stricken umwickelt war; vor ihm drängelten sich Passagiere, brüllten zurück und versuchten ihm zu zeigen, welche der Gepäckstücke ihnen gehörten. Über dem Asphalt des Rollfeldes flimmerte die Luft. Heiß war es und drückend schwül; ein Wetter, das den Kreislauf bedrängte und einen sofort ins Schwitzen brachte. Ganz von allein wurden alle Bewegungen sparsamer und matter, und trotzdem pumpte das Herz wie von großer Anstrengung.

Nicht weit von der Piste entfernt hatte man einen Bretterverhau errichtet, der vor der Sonne schützte und bis auf eine Brüstung zum Rollfeld hin offen war. Die Bude schien Abfertigungs- und Empfangshalle, Polizeiposten, Tower und Gepäckaufbewahrung in einem zu sein. Viele Menschen standen dort; Angehörige von Reisenden und Schaulustige, die sich das wöchentliche Spektakel der Landung nicht entgehen lassen wollten. Einige waren sogar über die Brüstung geklettert und liefen den Erwarteten geradewegs entgegen. Unter ihnen war auch ein junger Mann, hochgewachsen und mit glattem dunklem Haar, der zwar offenbar Eile hatte, sonst hätte er die Absperrung nicht überwunden – sich zugleich aber betont zurückhaltend bewegte, als ob er nur zufällig und nicht wegen des gelandeten Flugzeuges hier sei. Mit einem Lächeln, das ein wenig spöttisch aussah, schlenderte er auf den Ankömmling zu; als er jedoch vor ihm stand, strahlte er über das ganze Gesicht wie der andere auch.

»Da bist du ja endlich«, sagte Santin.

»Grüß dich, Georg, schön dich zu sehen!«, rief Hegenberg und umarmte ihn. »Ich dachte schon, die Reise nimmt überhaupt kein Ende mehr, es sei denn, eins in den Wipfeln.« Sie klopften sich mit lautem Hallo auf den Rücken, dann schnappte Santin sich Hegenbergs Koffer, der inzwischen ausgeladen war. Mit der anderen Hand wies er in Richtung der bretterwandigen Empfangshalle. »Dahinten wartet Padre Guilherme. Er war ganz versessen darauf, dich abzuholen; vor allem, seit ich ihm erzählte, daß du mit großer Wahrscheinlichkeit Landjäger im Gepäck hast ... Sehr nett ist er, und mit dem Jeep der Diözese weiß er ganz artistisch umzugehen. Aber das wirst du ja gleich sehen.«

»Wer ist denn Padre Guilherme?«, erkundigte sich Hegenberg. »Ist das einer von den Einheimischen? Ein Laienpriester?«

»Nein, nein, laß dich vom Namen nur nicht täuschen. Er ist schon einer von den Deutschen. Aber alle nennen ihn Guilherme, auch die anderen Patres; immerhin ist es einige Jahre her, daß er hierher gekommen ist. Stell dir vor, seit Ende der Kriegsgefangenschaft ... Du mußt ihn erst einmal reden hören! Es ist urkomisch. Wenn er erzählt, wie er ein Kind ›baptisiert‹ hat oder im ›avião‹ neulich die Lüftung ausgefallen ist oder wie man am besten mit dem Boot nach Humaitá ›viajiert‹ ...« Santin lächelte in sich hinein.

Hegenberg blieb mit einem Ruck stehen und faßte den anderen am Arm. »Hör mal, Georg, wie steht es denn mit uns überhaupt? Werden wir auch ›viajieren‹ können, ist alles organisiert?«

»Nun ja ...« Santin zögerte. »Wir werden sicherlich eine Gruppe von Priestern auf Seelsorgefahrt begleiten dürfen ...«

»Prima! Und wann?«

»Wie es aussieht, gegen Ende des Praktikums.«

Hegenberg war bestürzt. »Was, vorher nicht? Wir werden die ganzen Monate in Cruzeiro do Sul verbringen?« Er holte Luft, und der andere spürte den Vorwurf, noch bevor er ausgesprochen war. »Was hast du hier eigentlich die letzten zwei Wochen gemacht, wenn ich fragen darf?«

»Nichts, natürlich.« Santin sagte es mit einer provokanten Betonung. »Wieso muß *ich* mich überhaupt darum kümmern?«

»Schon gut«, lenkte Hegenberg ein. War er nicht eben erst angekommen? Dennoch, es mischte sich eine leichte Enttäuschung in die Wiedersehensfreude, daß der andere so gedankenlos ihr großes Vorhaben dem Zufall zu überlassen schien; zudem mißfiel ihm, wie Santin reagierte. Leise sprach Hegenberg weiter; so leise, daß ein eigentümlicher Gegensatz zu seinem auffälligen, muskulösen Körper entstand.

»Dann erzähl mal, warum es nicht klappen wird.«

Santin ließ sich bitten. »Ich denke, das hat auch später noch Zeit.«

»Zum Teufel, Georg, jetzt rede schon. Gibt es nicht irgendeine Möglichkeit, früher zu reisen?«

Santin schwieg noch immer.

»Georg!«

Geräuschvoll atmete Santin aus. »Nun ja, eine Neuigkeit hätte ich noch«, sagte er schließlich, fast beiläufig. »Hör zu. Vielleicht wird es doch vorher eine Fahrt den Fluß hinauf geben. Aber erstens ist sie an keinen Zeitpunkt gebunden. Und zweitens …«

»Zweitens?«

»Selbst wenn diese Fahrt stattfindet, so werden wir, wie es aussieht, in Begleitung reisen müssen.

Schau, gerade eben auf dem Weg zum Flughafen habe ich mit Padre Guilherme geredet. Was er mir erzählte, war folgendes: Einer der Kranken aus der Leprastation soll nach Hause gebracht werden. Nach dreißig Jahren in Cruzeiro do Sul möchte er in seiner heimatlichen Maloca sterben, und weil hier alle solch eine abergläubische Furcht vor der Krankheit haben, würde ihn kein Einheimischer in seinem Boot mitfahren lassen. Schon wenn er lächelt, stürzen alle davon, was, unter uns gesagt, kein Wunder ist bei seinem verschorften Mund …« Santin verweilte in Gedanken bei jenem Aussätzigen, den alle Bomfim nannten, und wie er sich bei der ersten Begegnung vor ihm erschreckt hatte. Hegenberg stieß ihn ungeduldig in die Seite.

»Und?«

»Wie du dir vorstellen kannst, habe ich uns natürlich als Begleitung angeboten. Nun ja, ganz schön gewunden hat sich der liebe Padre Guilherme und daß man sich das genau überlegen müsse, weil wir immerhin viele Tage unterwegs sein würden. Es gebe so viele Gefahren … Und wir, die wir den Wald nicht kennen … Ihm wäre es lieber abzuwarten, bis sowieso einer der Priester in diese Richtung fahren muß. Dann könnten wir vielleicht mit. Aber ich bin zuversichtlich. Es wäre ja auch noch ein Bootsführer dabei, das sind alles erfahrene Männer, die damit prahlen, Kaimane mit der Hand fangen zu können –

allerdings nur, wenn die Biester ganz klein sind, wie ich herausgefunden habe; im übrigen sind wir zu zweit, und wer sollte denn sonst entbehrlich sein wenn nicht wir … Padre Guilherme ist mit meiner Arbeit auf der Station sehr zufrieden. Und du, nimm vielleicht noch ein paar Sprachstunden bis dahin, nicht daß es daran scheitert.«

»Na, das sind wirklich Neuigkeiten.«

Hegenberg musterte den anderen, anerkennend, ein wenig verwundert. Georg Santin hatte nicht Hegenbergs athletische, raumbeanspruchende Gestalt, an die sich jeder, der diesem flüchtig begegnete, sofort erinnern konnte. Santin war sehr schlank, fast schlaksig; trotz der Hitze trug er eine Strickjacke, ferner eine leichte, dreiviertellange Baumwollhose, die um seine Beine schlotterte. An den Füßen hatte er Schlappen wie die Einheimischen, mit einem Steg zwischen dem großen und dem benachbarten Zeh, der im vorderen Bereich der Latschen etwas Halt gab und dafür sorgte, daß die Zehen nicht zu weit nach vorne rutschten. Santins Augen waren tiefbraun; die Pupillen verschwammen im Irisdunkel. Auch wenn er den Blick direkt auf jemanden gerichtet hielt, war es stets schwer zu beurteilen, ob er in Wirklichkeit nicht gerade ins Träumerische und Unkonzentrierte abschweifte. Das Gesicht hätte entspannt wirken können, wäre nicht die linke Augenbraue gewesen: Sie war so gewachsen, daß es aussah, als würde er sie ständig prüfend hochziehen. Seine Angewohnheit, beim Lächeln hauptsächlich nur einen Mundwinkel zu verziehen, verstärkte den spöttischen Ausdruck. Jener lenkte von der meist freundlichen Weichheit in Santins Augen ab, die auf manche träumerisch, auf andere zerfahren wirkte; zudem verdeckte die spöttische Maske, daß Santin in Wahrheit eher zum Nörgeln und Quengeln neigte. Überhaupt hatte er einen Hang, sich gehenzulassen. Das machte ihn zu einem zuverlässigen Genossen bei spontanen Unternehmungen und Ausschweifungen jeder Art, lustig, unbekümmert und einfallsreich, hatte aber, in Verbindung mit einer gewissen Gedankenlosigkeit, die bestimmte Grenzen unbeachtet ließ, oft auch zu Spannungen mit Dozenten und Kommilitonen geführt. Solcher Ärger fraß selten an der Substanz seiner Seele. Vielmehr setzte er etwas Aufreizendes und Trotziges frei, einen schwer zu zügelnden Drang zu Widerrede und Konfrontation, was manchmal in merkwürdigem Widerspruch dazu stand, daß Santin ein eher schüchterner junger Mann war.

Hegenberg trat bestimmter auf. Er vertraute auf sein Vermögen, jederzeit unangenehme Regungen niederringen zu können; ein Verhalten, das er gleichermaßen von anderen einzufordern pflegte – ging es doch um Höflichkeit. Gewissenhaftigkeit und innere Ordnung sowie äußere Regelmäßigkeiten des Tagesablaufes waren ein Gerüst, das ihm tragfähig erschien, wenn er seine Lebens- und Glaubenstüchtigkeit auf die Probe gestellt fand; sie ermunterten ihn geradezu, nicht beschaulich in seinem Dasein zu nisten, sondern aus dem Gewohnten herauszugehen und sich Erfahrungen auszusetzen, die er sich möglichst überwältigend wünschte. Seine inneren Schlachten gehörten dazu: In Ängsten und Unannehmlichkeiten aller Art vermutete er Prüfungen, die zu bestehen waren, und manchmal war er sich nicht sicher, ob es neben dem Glauben nicht vor allem dieser Ehrgeiz gewesen war, der in ihm den Wunsch geweckt hatte, Priester zu werden. – Hegenbergs Gesicht wirkte seltsam farblos, was nur zum Teil an seinen aschblonden Haaren und seiner Blässe lag. Vielmehr konnte es nicht mit der Präsenz des Körpers mithalten, der alle Aufmerksamkeit beanspruchte. Zudem trug Hegenberg eine Brille. Ihre gewöhnlichen, runden Gläser mit Goldrand weckten beim oberflächlichen Betrachten Erinnerungen an andere Gesichter, vermeintliches Wiedererkennen mischte sich mit einer Spur von Austauschbarkeit, und so verstärkte sich der Gegensatz zum Individuellen des Körpers, der umgekehrt wieder zur Unscheinbarkeit des Gesichts beitrug. Dabei sah Hegenberg ganz gut aus, wie der zweite Blick offenbarte, mit seinen schrägen, hellblauen Augen und der herausfordernd geschwungenen Nase. Und vielleicht lag es an seiner auffälligen Unauffälligkeit, daß

Hegenberg es sich angewöhnt hatte, leise zu sprechen; die Zartheit der Stimme zwang den Zuhörer, sich ganz auf die Worte zu konzentrieren und sich nicht vom Körper ablenken zu lassen.

Draußen vor dem Rollfeld wartete Padre Guilherme im Jeep, ein grauhaariger, kräftiger Mann von ungefähr fünfzig Jahren, der Hegenberg herzlich begrüßte. Sie verstauten das Gepäck und fuhren los. Das Städtchen selbst erreichte man nach wenigen Minuten. Zu Seiten der Straße standen einfache, ebenerdige Häuschen aus Paxiubarinde; einige davon ›abandoniert‹, wie Padre Guilherme hilfreich erläuterte; mehr zur Stadtmitte hin sah man ordentlich aus Ziegelsteinen gemauerte, von denen manche weiß, andere hellblau getüncht waren. Türen und Fenster standen überall offen, Kinder lugten über Fenstersimse, magere glatthaarige Hunde schlichen beim Nahen des Fahrzeuges von der Straße und rollten sich im Schatten der nächst gelegenen Hauswand zusammen. Cruzeiro do Sul war auf Hügeln erbaut. Sie waren nicht besonders hoch, lagen jedoch dicht beieinander, und da die Straßen hier ohne Rücksicht auf die Bodenbeschaffenheit schnurgerade ausgerichtet waren, parallel geführt oder sich rechtwinklig schnitten, ging die Straße zuweilen in Art einer Berg- und Talbahn den einen Hügel steil hinunter, den nächsten wieder hinauf. So gelangten sie ins Zentrum der Stadt, das von einem gewaltigen, hölzernen

Bau mit achteckiger Grundfläche und spitz zulaufendem Schieferdach bestimmt wurde. Es war die Kathedrale, Mittelpunkt der Diözese Alto Juruá, errichtet in der Bischofsstadt Cruzeiro do Sul, und der Bischof war, auch wenn es verwunderlich klingen mag – ein Deutscher.

Seit Anfang des Jahrhunderts, um genau zu sein: seit 1915, war das Gebiet des Alto Juruá den deutschen Spiritanern anvertraut, die damals noch in Tefé, nahe der Mündung des Juruá, eine Apostolische Präfektur verwalteten. Erster Pfarrer von Cruzeiro do Sul wurde Pater Alfons Charlevoix aus dem Ostpreußischen, der schnell als Padre Alfonso bekannt, beliebt und auch ein wenig gefürchtet war. Cruzeiro do Sul hatte damals gerade erst die Stadtrechte erworben und bis dahin unter der Jurisdiktion des Erzbischofs von Belém, später des Bischofs von Manaus gestanden; die damalige Bevölkerung Cruzeiros: Caboclos libanesischer, portugiesischer und italienischer Abstammung, Nachkommen verschiedener Arawak-Stämme, Hungerflüchtlinge aus dem Ceará und anderes Volk aus dem Nordosten, das sich als Gummizapfer im Seringal verdingte, war mehr oder weniger sich selbst überlassen; die Eltern erzählten ihren Kindern von Missionaren in weißen Soutanen und dem »Cordão de São Francisco«, und wenn dann wirklich Padre Alfonso auftauchte, um zu taufen und zu segnen, liefen selbst die größeren

Burschen noch erschreckt in den Wald. Jener Pater packte energisch zu, wenn es galt, ein Übel auszurotten, und derer gab es viele: Armut, Aberglaube, Unwissenheit und Krankheiten; zudem waren die Menschen kein religiöses Leben mehr gewohnt. Sie lebten dahin in wilder Ehe und waren der Freimaurerei ergeben, wie der Pater in seinen Berichten klagte. Die Mißstände besserten sich ein wenig, als man zusätzlich die deutschen Patres Hergenröther-Kirch und Schneider nach Cruzeiro do Sul entsandte, die mit wahrer Begeisterung von der spirituell darbenden Bevölkerung empfangen wurden. 1931 schließlich ward die Prelazia do Alto Juruá gegründet, Cruzeiro do Sul zur Residenz der Prälatur bestimmt und Monsignore Theodor Freymann zum ersten Bischof berufen. Ihm war es zu verdanken, daß immer mehr Patres und Brüder aus Deutschland kamen, die Arbeit zu unterstützen; in einem Gebiet, das zwar weniger Einwohner als Heidelberg oder Bonn hatte, es in seiner Fläche aber mit Westdeutschland aufnehmen konnte. Zu jener Zeit, als Padre Guilherme den neuen, reiselustigen Praktikanten und dessen Studienkameraden zur Missionsstation kutschierte, wirkten in der Diözese Alto Juruá, auf elf Pfarreien verteilt: achtzehn Spiritanerpatres, drei Weltpriester, drei Spiritaner- und vier Maristenbrüder, vier Franziskanerinnen von Thuine, vierundzwanzig Dominikanerinnen und sieben Schwestern »Von Der

Göttlichen Vorsehung«. Sie betrieben ein Altenheim, eine Werkstatt, ein Waisenhaus, zwei Schulen und vier Gesundheitsposten in verschiedenen Winkeln der Prälatur. Einen vorbildlichen Ruf genoß die von den Spiritanern gegründete Leprastation in Cruzeiro do Sul. Hier hatte sich Santin bereits seit zwei Wochen nützlich gemacht, und auch Hegenberg könne man im Leprosário sehr gut gebrauchen, wie Padre Guilherme noch während der Fahrt bemerkte.

III.

Die Entscheidung über die Reise sollte schneller fallen als erwartet; so schnell sogar, daß die Abfahrt am Ende recht überstürzt vonstatten ging. Sie hatte mit einer Todesnachricht zu tun, die ausgerechnet am Vormittag der Prozession unter der Schirmherrschaft »Unserer Lieben Frau von Fátima« eintraf, mit der man in Cruzeiro do Sul den Rosenkranzmonat zu eröffnen pflegte; ein Vormittag übrigens, der schon unheilvoll begann, denn Hegenbergs Kamera zerbrach. Er hatte sich zu jenem Zeitpunkt längst eingelebt; die Tage vergingen in einem Gleichmaß, das durch die Lethargie des kaum schwankenden Klimas, der beständigen Tag- und Nachtgleiche, auch durch den Rhythmus des Pflegedienstes im Leprosário entstanden war, unterbrochen nur von Messen, Besuchen an der Badestelle unten am Fluß, Dominospielen, langen Gesprächen und gelegentlichen Streitereien mit Santin, wenn die Ordnungsbegeisterung des einen mit dem launengetriebenen Eigensinn des anderen aneinandergeriet. Insbesondere hatte sich Hegenberg mit Bomfim angefreundet, dem Aussätzigen, der zwar ein schwer zu ertragendes Lachen hatte, weil es sich wie ein Loch in seinem Gesicht öffnete, aber mit einem Bleistift, den ihm Hegenberg an den Armstummel gebunden hatte, Bilder aus dem Leben seiner Ashaninka-Sippe skizzieren konnte. Der Stamm lebte am Oberlauf des Juruá, bei gutem Wetter fünf Tagesreisen von Cruzeiro und drei von Humaitá entfernt. Manchmal zeichnete Bomfim auch Hegenberg, was dieser stets daran erkannte, daß Bomfim auf einen riesigen Körper einen winzigen mund- und nasenlosen Kopf setzte, der hinter einer überdimensionierten Brille verschwand. Wenn der Lepröse besonders heiter war, platzierte er zum Abschluß des Werkes, unter aufmunterndem Zischeln und Meckern, noch ein paar Krakel oder schwellende Kringel zwischen Hegenbergs Beinen. Darüber konnte er minutenlang lachen. Im Gegenzug porträtierte Hegenberg seinen Pflegebefohlenen mit seiner Sofortbildkamera; dieser mochte es, auf den noch milchigen Abzügen mit seinem Bleistift herumzufahren, um mit dem Ausruf »Siehst du, wer von uns beiden der Santo ist?« zu beobachten, wie alsbald die Konturen seines Abbildes mitsamt heiligenscheinartigen Schlieren auf dem Fotopapier erschienen. Von der Kamera Hegenbergs, die sogar aus dem häßlichen Bomfim einen Heiligen machen konnte, sprachen anerkennend die Leute – ja, es hieß sogar, sie könne die innere Strahlung der Menschen festhalten, so daß ein Kundiger zu sehen vermochte, wie lange sie noch lebten; ein Aberglaube, der sich beharrlich hielt und mehr als einmal Anlaß zu größter Heiterkeit bot.

Am Morgen der Prozession baumelte die Kamera am Hals des Praktikanten, als er die Missionsstation verließ und Richtung Kathedrale schlenderte, um Georg Santin zu suchen. Hegenberg war sehr früh schon im Leprosário gewesen; hatte stinkende Verbände gewechselt und die täglichen Dosen an Rifampicin und Dapson ausgeteilt, während Santin beim Küsterdienst half und die Fátima-Madonna polierte. Hegenberg durchmaß die Niederungen der Várzea unten am Fluß, beobachtete das Treiben und hörte Kindern zu, die das schöne Prozessionslied probten: »A treze de Maio … na Cova da Iria … Apareceu brilhando … A Virgem Maria …« In der Stadt war mehr los als gewöhnlich. Wegen der Prozession hatten viele Leute eine tagelange Bootsfahrt nicht gescheut und waren aus umliegenden Malocas angereist; unter ihnen einige, die sich trauen oder ihre Kinder taufen lassen wollten. Unten am Fluß entdeckte Hegenberg schließlich den Gesuchten. Er stand bei einer Caboclo-Frau. Trotz ihres anscheinend noch geringen Alters hatte sie eine trockene, fleckige Haut. Ihr Gesicht war verschmiert, und im Arm hielt sie ein wenige Wochen altes Kind im Täuflingskleid. Es hatte struppiges Haar und große schwarze Augen.

»Wilmar!« Santin winkte. »Schau dieses kleine, reine Ding an, das Padre Guilherme heute taufen wird … Die Mutter findet, daß es mir ähnlich sieht.«

»Allerliebst ist es, in der Tat. Laß mal sehen. Hm, dunkle Haare habt ihr beide, das gleiche gilt für die Augen. Die hat Bomfim allerdings auch, und wenn ich es mir recht überlege, dann würde ich eher verwandtschaftliche Beziehungen zwischen ihm und dir vermuten, zumal da etwas Schorf in deinem –«

»Igitt, du böser Mensch«, unterbrach ihn Santin lachend, »mach, daß du fortkommst.«

Da legte die Caboclo-Frau, die dem Hin und Her in der fremden Sprache interessiert gefolgt war, auf einmal ihre Hand auf Hegenbergs Arm. Ihr Blick war auf die Kamera gefallen, die um seinen Hals hing.

»Uma foto«, bat sie, »por favor, tira uma foto da minha filhinha!«

Und ehe es sich Santin versah, hatte sie ihm das kleine, stille Mädchen entgegengehoben; etwas verlegen und lächelnd stand er vor ihnen, das Kind auf dem Arm, und für einen Moment mußte Hegenberg an die »Liebe Frau« selbst denken, denn sie hätte ihren Sohn nicht zärtlicher halten können. Hegenberg nahm die Kamera ab und machte das Foto; es surrte heraus, und staunend betrachtete die Frau, umgeben von Neugierigen, wie auf der weißglänzenden Oberfläche allmählich das Bild Georgs mit dem Kind erstand. Überschwenglich bedankte sich die Frau. Sie drückte Foto und Kind an sich.

Hegenberg spürte eine Bewegung. Ein Junge, der die Szene beobachtet hatte, griff neugierig nach der Kamera, die Hegenberg noch zwischen seinen Händen hielt, und in diesem Augenblick entglitt sie ihm. Sie fiel zu Boden und war entzwei. Erschrocken sprang der Junge davon. Hegenberg war außer sich; er machte Anstalten, dem Flüchtigen nachzusetzen, da hörten sie Padre Guilherme rufen. Sein Gesicht war ernst. Er habe soeben eine traurige Nachricht erhalten.

Pater Alfredo Grycmann war in Ausübung seiner Pflicht gestorben, infolge eines Unglücks. Die von ihm betreute Pfarrei befand sich in Humaitá; ein Name, bei dem Hegenberg aufhorchte, befand sich die Siedlung doch, gemessen an den Dimensionen des Waldes, nur einen Katzensprung von Bomfims heimatlicher Maloca entfernt. Der Pater hatte nach einem heftigen Regen den Glockenturm der erst kürzlich erbauten Kirche bestiegen; war auf einer nassen Sprosse, die sich schon weit himmelwärts befand, ausgerutscht und hatte sich bei seinem ungebremsten Sturz in die Tiefe das Genick gebrochen. Es wurde entschieden, daß Padre Guilherme unverzüglich seine Reisevorbereitungen treffen und sich anderntags auf den Weg machen sollte, dem Verunglückten die Sakramente zu spenden, ferner würden es die Umstände erfordern, sich einige Zeit um die Gemeinde zu kümmern; und während man noch darüber beratschlagte, wer ihn auf der Fahrt begleiten solle, hatte Hegenberg Santin längst einen Blick zugeworfen.

»Es geht los«, flüsterte er.

Tatsächlich brachen sie am nächsten Tag auf. In der Morgendämmerung trugen sie Bomfim, der frisch gesalbte und gepuderte Armstümpfe hatte, hinunter an den Fluß, wo sie sich mit Padre Guilherme trafen. Er wurde von einem stämmigen, jungen Mann begleitet; Osmarino hieß er und war Bootsführer, ein schweigsamer, unaufdringlicher, jedoch mit wachen Sinnen in reptilhafter Starre lauernder Mensch, dessen Anwesenheit man schnell vergessen konnte. Bomfim betteten sie in den vorderen Teil des Kanus, das im ganzen ungefähr acht Meter maß und mit einem, wie Osmarino versicherte, äußerst verläßlichen »burro preto« von sieben Pferdestärken ausgerüstet war; Hegenberg und Santin machten es sich in der Mitte bei der Proviantkiste und den Benzinkanistern bequem, über die sie Decken gebreitet hatten, und Padre Guilherme setzte sich hinten bei Osmarino, der den Außenbordmotor bediente, auf die Sitzbank. Sie legten ab. Herrlich hatte sich zu ihrer Linken die Sonne erhoben; im Morgenlicht sahen selbst die Häuser der Várzea malerisch aus, auf ihren Holzpfählen im sumpfigen, fieberschwangeren Grund, wo Ratten und blutbegierige Insekten ihre Brut gedeihen ließen, und nicht lange dauerte es, da waren sie um eine erste Flußschleife gebogen, gleich darauf um eine zweite und dritte; nichts als Wald säumte nunmehr den Juruá, und nur einige Rauchsäulen in ihrem Rücken verrieten, daß Cruzeiro do Sul noch ganz in ihrer Nähe war. Santin kündigte an, er wolle von nun an die Biegungen zählen, worauf ihm Padre Guilherme viel Vergnügen wünschte. Es seien über tausend ›voltas‹ bis Humaitá, fügte er hinzu.

Es gab kaum Gefälle in dem riesigen Waldbecken, das der Juruá durchströmte. Der Fluß lag in engen, umständlichen Schleifen. An den Scheitelpunkten hatten sich Sandbänke oder sogar kleine Strände gebildet; manchmal hatte er an Stellen, wo die Strömung kräftiger war, sein Bett verlassen und ganze Waldgebiete überflutet, die er bei niedrigerem Wasserstand mit seinen Windungen umschloß. Osmarino kreuzte ständig von einem Ufer zum anderen, um Treibholz und Untiefen auszuweichen und den günstigsten Strömungsverlauf zu finden. Selten kamen ihnen andere Reisende entgegen; mitunter lichtete sich der Wald und machte einer Hütte Platz. Umgestürzte Bäume sahen sie nur von fern, keiner versperrte ihren Weg, und mit etwas Glück, sagte der Motorista, als sie nach drei Stunden eine Rast einlegten, könnten sie es sogar bis Humaitá schaffen, ohne ein einziges Mal das Boot über einen Baum zerren zu müssen. Santin hatte sich gegen die Bootswand gelehnt und sein Gesicht der Sonne zugewandt. Manchmal sagte er laut eine Zahl, um die anderen, wollten sie es hören oder nicht, auf den letzten Stand seiner Unternehmung zu bringen. Was Padre Guilherme betrifft, so war er in Israel und an den Wassern des Jordan; er hatte sich in »Exodus« ins letzte Kapitel des jüdischen Kampfes um die Herrschaft im Gelobten Land vertieft und kehrte nur dann und wann an den Juruá zurück, wenn es galt, das Boot von Gestrüpp zu befreien oder mit dem Seil um eine allzu seichte Biegung zu ziehen – das Ruder unten am Motor wurde währenddessen ins Bootsinnere gekippt. Einer verblieb dann im Kanu und sorgte für Gleichgewicht; eine Aufgabe, die meistens Santin übernahm. Beim Ziehen des Bootes überließ er gern Hegenberg den Vortritt; ein Entgegenkommen, das einerseits echt war, weil Santin dem Kameraden eine wochenlang gezügelte Unternehmungslust und Bewegungsfreude anzusehen glaubte, der er nicht im Weg stehen wollte; und auch, weil er es für nützlich befand: Er ekelte sich vor dem warmen, undurchsichtigen Wasser. Außerdem, dachte er, war der andere doch stärker.

Jenen wiederum, Hegenberg, hatte schon seit Stunden eine leichte Erregung erfaßt; im übrigen war er froh, wenn er das Boot nicht verlassen und fern jeder bekannten Badestelle ins trübe Gelb des Juruá steigen mußte, fühlte sich aber, wenn es darauf ankam, dazu verpflichtet, dem Motorista zu helfen. Wieder im Boot, spürte er seiner Empfindung nach. Zwar glitt das Kanu meist rasch über das Wasser, sonnenbeschienen, als würde es sich um einen Ausflug, eine kleine sonntägliche Bootspartie handeln, so schürte doch jede Windung des Juruá eine merkwürdige, eher wachsende Neugier, welcher Anblick sich wohl dahinter bieten würde – auch wenn es, wie zu erwarten, nur eine bis zur nächsten Biegung waldgesäumte Flußgerade war. Es steckte eine verborgene Tiefe in der stets erwarteten Auflösung des wieder und wieder gestellten Rätsels; teils dem Staunen geschuldet, daß hier – für normale menschliche Begriffe – kein Ende abzusehen war und der von dieser Gleichförmigkeit irritierte Verstand fast zwangsläufig die Vermutung aufstellte, daß nun doch etwas anderes kommen müßte: wie immer, wenn der Verstand sich von etwas Unendlichem bedroht sieht; teils war es die Verwunderung, wie vielfältig hier die Bäume in all ihren Erscheinungsformen auf ein ihnen zugrundeliegendes Allgemeines, eine einzige Schöpfungsidee verwiesen. Hegenberg wurde ein wenig schlecht. Das passierte ihm häufig, wenn seine Gedanken gegen Paradoxien anrannten und er fühlte, daß der vermeintlich sichere Boden des Endlichen, Sinnhaften und Verständlichen nur eine dünne, gefrorene Schicht auf etwas Anderem, Unsagbarem war. Hegenberg dachte an Zeilen, die er aus einem längst vergessen geglaubten Gedicht erinnerte: ›…Vor tagen hab ich mich verirrt / Ich war im wunderwald…‹ Der erste Vers fiel ihm aber nicht ein, sosehr er sich bemühte, und da fuhr ihm auch schon eine Stimme ins schöne Sinnieren.

»Einhundertfünfundneunzig«, sagte Santin. »Jetzt reichts. Kann ich deinen Hut haben?«

»Wie bitte?«, erwiderte Hegenberg, dem nach wie vor ein wenig übel war. »Meinen Hut? Das klang gestern aber noch ganz anders. Du warst es doch, der keinen mitnehmen wollte. Ein Tuch um den Kopf reicht dir, hast du gestern abend gesagt, als wir darüber sprachen.«

»Das weiß ich auch, was ich gestern gesagt habe; jetzt leg nicht alles auf die Goldwaage, du Schlauer, und vor allem keine Ratschläge, auch wenn du sie für kostbar hältst. Es ist nun einmal, wie es ist. Was kann ich denn dafür, daß die Bäume hier nicht so groß und schattig über das Wasser ragen, wie man es doch mitten im Wald vermuten dürfte? Und wie ich dich kenne, hast du bestimmt noch eine Kappe oder etwas in der Art im Rucksack, falls dein Hut mal ins Wasser fallen sollte, sicherheitshalber. Komm schon, Wilmar, bitte…«

Auf Hegenbergs Gesicht zeichnete sich ein schales Lächeln ab. Er betrachtete Santins Nase. Sie war etwas gerötet.

»Na, von mir aus«, sagte er und fing an, in seinem Rucksack zu suchen. »In Humaitá besorgst du dir aber selbst einen.«

»Ist ja gut«, gab Santin zurück.

Sie kamen zügig voran. An unübersichtlichen Stellen beobachtete Bomfim vom Bug aus aufmerksam den Fluß und versuchte, verkantetes Holz rechtzeitig auszumachen, das unter der Wasseroberfläche verborgen sein konnte. Er wedelte mit den Armstümpfen, wenn er welches sichtete, ansonsten vertrieb er sich die Zeit mit Zeichnen. Im Beisein von Padre Guilherme traute er sich allerdings nicht, wie gewöhnlich Studien von Hegenberg anzufertigen, um sie sodann mit anzüglichen Ergänzungen zu versehen; vielmehr versuchte er sich an anderen Motiven und zeichnete Fabelwesen, Bäume und Tiere des Waldes. Die Skizzen schob er mit dem Armstummel auf seinen Schoß, wo er sie verwahrte; bei einer späteren Rast zeigte er einige von ihnen seinen Reisegefährten, die darin mit geübter Phantasie Jaguare erkannten und Flußdelphine, aber es gab auch andere, mit Krakeln und daraus furchterregend aufragenden Strichen, mit denen rein gar nichts anzufangen war. Die meisten Zettel flatterten von Bomfims Schoß; sie fielen zu Boden, wo Wasser sie aufweichte und selbst der unverdrossene Künstler sie bald vergaß. – Menschliche Behausungen sahen sie nur noch äußerst selten. Wann immer sie an einer bewohnten

Hütte vorbeifuhren, winkten deren Bewohner und bedeuteten ihnen, ans Ufer zu kommen; eine Einladung, der Padre Guilherme auf einer gewöhnlichen Seelsorgefahrt ohne Zögern gefolgt wäre. Allein, es fehlte die Zeit. So winkten die Reisenden nur zurück, wenn sie eine Hütte passierten, und Osmarino kündigte bald an, man könne, falls weiterhin keine Hindernisse die Fahrt verlangsamten, mit einer Ankunft schon am nächsten Abend rechnen; vorausgesetzt allerdings, daß man auch nach Sonnenuntergang noch ein paar Flußbiegungen hinter sich zu bringen bereit wäre.

»Aber sicher!«, rief Padre Guilherme, »wäre ja nicht das erste Mal, nicht wahr, Osmarino?« Er legte seine Bibel zum Trocknen beiseite – sie hatte einige Spritzer abbekommen, als der Motorista einmal nicht steil genug gegen die Strömung gesteuert hatte und seitwärts das Wasser über die Bordwand geschwappt war – und begab sich in die Bootsmitte zu den beiden jungen Männern.

»Ja, unsere nächtliche Fahrten … Das hat so manchen Familienvater schon geschwinder für den Rosenkranzsühnekreuzzug gewinnen können, als jede Predigt es vermöchte. Ganz beeindruckt sind sie, wenn sie von furchtlosen Helden wie uns hören.« Des Paters Stimme klang zum ersten Mal seit Reisebeginn heiter. »Die Leute scheuen im allgemeinen das Viajieren auf dem nächtlichen Fluß. Sie erzählen sich Geschichten vom Schnauben der Großen Schlange und von Canoas, die samt ihrer Insassen spurlos verschwunden seien. Aber im Ernst: Vor Schlangen muß man ein wenig auf der Hut sein, vor allem, wenn man morgens in seine Kleider fährt oder quer durch einen Furo, wo sie von oben herabfallen könnten; ansonsten kann ich jedem nur empfehlen, sich bei nächtlichen Fahrten möglichst flach auf den Boden zu ducken. Sonst kann es nämlich passieren, daß man gegen einen umgestürzten Baumriesen prallt, statt unter ihm hindurchzuschlüpfen.« Der Pater streckte seine Beine aus und stützte sich seitlich auf die Bordwand, als beabsichtige er, sich für den geschilderten Fall bereitzuhalten.

»Was ist denn ein ›furo‹?«, wollte Santin wissen.

»So nennt man die Abkürzungen, die man durch den Wald nehmen kann. Wenn das Wasser an einigen Stellen über die Ufer getreten ist, procuriert es den geraden Weg, schneidet dadurch die Voltas ab und rast bedeutend schneller dahin. Das sind die Furos. Sie sind gefährlich, weil der Wasserweg selten offen und fast immer durch Gestrüpp verstopft ist. Beim Viajieren flußaufwärts ist es recht harmlos, einen Furo zu nehmen, weil das strömende Wasser die Kraft des Motors hemmt, aber wenn man es eilig hat und stromabwärts reist … Höllisch aufpassen muß man, zumal sich an der Innenseite der Voltas häufig genug Gegenströmungen bilden.«

»Ich wette, Osmarino hat jede einzelne von ihnen studiert, und wir brauchen uns deswegen keine Sorgen zu machen«, warf Hegenberg lächelnd und mit leiser Stimme ein. Er nahm seine Brille ab und wischte ein paar Wassertropfen weg. »Aber ... Nun gut, natürlich muß man sich vor Schlangen in acht nehmen, aber wie steht es denn mit anderen Tieren des Waldes, mit den Kaimanen etwa, die Osmarino angeblich mit der bloßen Hand zu fangen weiß, was ich, nebenbei bemerkt, immer noch nicht ganz glauben kann, oder den zahlreichen und zweifelsohne gefährlichen ... – «

»Ja genau, die Kaimane!«, schnitt ihm Santin das Wort ab, ohne sich darum zu scheren, daß der andere seine Frage noch gar nicht gestellt hatte; und genausowenig nahm er wahr, daß Hegenberg ihn mit einem verstimmten Blick bedachte. Vielmehr fuhr er munter fort: »Das glaube ich überhaupt erst, wenn ich es sehe, und außerdem ... – «

Es gab einen Schlag. Das Boot hatte seitlich auf einer sandigen Stelle aufgesetzt, die wohl einige Handbreit unter der Wasseroberfläche lag, von den trüben Fluten aber verborgen war. Osmarino riß den Motor aus dem Wasser, der draußen in der Luft aufheulte, und klappte ihn ins Boot; Padre Guilherme war längst aufgesprungen und stemmte sich mit einem Holzpaddel kraftvoll vom Grund weg. Hegenberg stieg in den Fluß und schob seitwärts, des Paters Anstrengungen zu unterstützen, während dieser inzwischen ebenfalls das Boot verlassen hatte und von vorn mit dem Seil zog. Auch Santin bemühte sich nach Kräften: Er war wie stets im Kanu geblieben und lehnte sich nach der aufgestellten Seite, um das verschobene Gleichgewicht wiederherzustellen; mit der geliehenen Kappe schaufelte er Wasser aus dem Boot. »Da haben wir's«, murrte er. »Nur weil Bomfim nicht aufpaßt, wären wir beinahe alle im Fluß gelandet.«

In diesem Moment merkte Hegenberg, der sich als einziger von beiden im Wasser befand, daß er sich gewaltig ärgerte.

»Mach dich lieber nützlich«, zischte er.

Santin maß ihn mit einem verständnislosen Blick. »Lieber nützlich – statt was«, fragte er genauso leise zurück, »statt immer alles besser wissen zu wollen? *Das* zum Glück wohl nicht.«

»Du weißt genau, was ich meine«, versetzte Hegenberg.

Der andere seufzte. »Mein Gott. Bloß weil du ausnahmsweise … Es ist doch nur Wasser.«

Zwei lange Sekunden starrten sie einander an.

»Es kann weitergehen!«, hörten sie Padre Guilhermes Stimme. Den Wortwechsel hatte er nicht vernommen. Und ohne noch ein weiteres Wort zu verlieren, wandte sich Hegenberg von Santin ab. Er folgte dem Wink des Paters, der bereits über den Bug zurück ins Boot geklettert war und sich nun nach hinten zu Osmarino begab. Dort ließ er sich von der Sonne die Beine trocknen, löste mit unendlicher Sorgfalt die zusammengeklebten Blätter seiner Bibel und entschwand wieder an den Jordan. Hegenberg richtete sich aufs neue neben Santin ein, und auch wenn sie nur gelegentlich ein paar Worte wechselten, zunächst spärlich, dann häufiger, so waren die Mißhelligkeiten bald verflogen, denn ein mildes Nachmittagslicht und die Gegenwart des Waldes taten ihre Wirkung; zudem mußte an diesem ersten Reisetag keiner das Kanu mehr verlassen; und als Osmarino sie auf zwei dunkle Wesen mit hellen Kehlflecken aufmerksam machte, die in der Nähe des Bootes aus dem Wasser auftauchten, eigentümlich hohe Laute ausstießen und wieder verschwanden – da waren sie vollends damit beschäftigt, nach weiteren Tieren Ausschau zu halten.

Genauso schnell wie die Dämmerung kam, verging sie wieder. Es fehlte an jenem Zwischenlicht, das in nördlichen Erdregionen zwischen Tag und Nacht vermittelt und die Illusion erweckt, es gebe ein geheimes Zwischenreich, das sowohl die Macht des Tages als auch der Nacht in ihre Grenzen weist. Hier waren die Sphären der Gestirne absolut; kaum daß die Sonne untergegangen war, übernahm die Nacht. Sie vereinnahmte alle Konturen und goß aus ihnen eine einzige, in der sich eine Wahrheit des Waldes offenbarte: Kein bloßes Durcheinander verschiedenster Pflanzen war er, sondern zugleich ein schwer begreifliches Einzelwesen. Wahrhaft sichtbar wurde es erst im Dunkel der Nacht, wenn Formen und Farben der einzelnen Gewächse sich in einem großen gemeinsamen Schattenriß auflösten: ein neues Ganzes, das schwarz und übermächtig vor dem sternenhellen Himmel stand. Hegenberg mußte sich konzentrieren, um eine leichte Übelkeit niederzukämpfen. Er hielt sein Gesicht dem Fahrtwind entgegen, während Osmarino sie in der Dunkelheit den Fluß hinaufmanövrierte, Biegung um Biegung dem Nachtlager entgegen. Schon lange zählte Santin nicht mehr mit, bei welcher Windung sie gerade waren. Er und Hegenberg saßen sich schweigend gegenüber, mit dem Rücken zur Bootswand, die Beine des einen jeweils neben dem Oberkörper des anderen angewinkelt, und schauten nach oben, in Ehrfurcht und Einsamkeit vereint: Gebannt waren sie vom Anblick des Himmels, der ihnen so weltenfern und klirrend kalt vorkam wie nie zuvor, während sie unten in der Einöde mit ein paar Lichtabfällen saßen, vergessen und abgeschnitten von allem, was dort oben strahlte. Nur Wasser plätscherte um sie herum und der Motor tuckerte gleichmäßig, manchmal trieben Hölzer gegen das Boot. Wenn sie an Fahrt verloren, hörten sie Mücken an ihren Ohren vorbeistreichen und lauschten den Geräuschen verborgenen Lebens, die drüben vom Ufer kamen. In einer geschützten Ausbuchtung des Flusses steuerten sie einen Strand an, machten ein Feuer, und nach einer einfachen Mahlzeit rollten sich Osmarino, der Pater und Bomfim erschöpft in ihre Decken. Hegenberg und Santin jedoch gingen ein paar Schritte bis zum Ende des Strandes. Dort setzten sie sich unter eine Böschung, so daß sie ungestört den Sternenhimmel auf sich wirken und ihre Zehen zuweilen von einer Welle umspielen lassen konnten. Es war der erste Abend inmitten des Waldes. Es war der letzte Abend ohne Streit.

»Wilmar«, sagte Santin auf einmal. »Schau mal, was ich hier habe!«

Hegenberg sah, wie der andere an seiner Tasche nestelte und einige Gegenstände zum Vorschein brachte, die sich bei näherem Hinsehen und Befühlen als Flaschen herausstellten. »Das glaube ich nicht, das sind ja Antárctica, wo hast du die denn her!« Hegenberg freute sich. Er hatte sich schon gewundert, warum Santin seine Tasche mit zu ihrem Plätzchen am Wasser genommen hatte.

»Habe ich halt noch besorgt.«

»An was *du* immer denkst … Du bist wirklich eine Wucht. Zigarette?« Er wartete Santins Antwort gar nicht ab, sondern zog schon sein zerdrücktes Päckchen aus der Brusttasche und offerierte Santin den Inhalt. Der dankte und reichte Hegenberg ein geöffnetes Bier. Bald glommen in Höhe ihrer Köpfe zwei Punkte in der Nacht; die beiden jungen Männer starrten in die Dunkelheit. Ab und zu hörte man einen tiefen Atemzug, worauf einer der Punkte auf leuchtete, oder ein Klatschen, wenn die Mücken zu lästig wurden und die von ihnen Bedrängten sich mit der flachen Hand wehrten. Die Nacht verband Santin und Hegenberg. Es dauerte eine Weile, bis einer von ihnen das Schweigen brach.

»Ich würde gern...« Santin zögerte.

»Ja? Was denn?« Hegenberg sagte es leichthin, zerstreut, denn er war mit seinen Gedanken woanders.

»Espoleta. Ich wäre jetzt gern bei Espoleta.«

»Georg!« Vor Überraschung machte Hegenberg eine Pause. »Du meinst doch nicht etwa jene junge Dame mit den außerordentlich auffälligen – ...«

»Ja.«

»Und mit den ganz ungewöhnlich hübschen – ...«

»Ja!«

»Und den wirklich unübersehbaren – ...« Er hielt inne und atmete tief ein.

»Ja, genau diese ist es, du Scheinheiliger.« Santin lächelte; Hegenberg konnte es an seiner Stimme hören. »Das wichtige entgeht dir also keineswegs, das habe ich mir schon gedacht.«

Der andere blies ruhig den Rauch durch die Nase. »Ob nun heilig oder scheinheilig«, sagte er, »das kannst du morgen gern mit Bomfim erörtern; er gibt mir, weniger zu meinem als insbesondere zu seinem eigenen Vergnügen, auch öfter zu verstehen, was er von mir hält. Wobei er sich jedoch, wenn man das so sagen kann, etwas bildlicher auszudrücken pflegt als du. Was ich dir aber mitteilen wollte: Blind bin ich noch lange nicht. Sie ist eine reizende Person, diese Espoleta, wenn du mir das Urteil gestattest, und ich glaube dich auch manchmal dabei beobachtet zu haben, wie du sie angelächelt hast. Aber daß ihr beide ... Darauf wäre ich nun nicht gekommen. Sag, du warst also in Wirklichkeit auch nie in der Várzea spazieren, wie du so manchen Abend vorgegeben hast – mit dem ausdrücklichen Hinweis, du erwünschtest keine Begleitung, weil du ein bißchen mit dir selbst allein sein wolltest?«

»Hör mal, das war doch nicht gelogen! Oder jedenfalls nur halb.« Santin lachte leise. »Ich wollte ja tatsächlich allein sein, ich allein mit ihr ... Sie ist wirklich bezaubernd, wenn auch etwas robust im Ton und mit Manieren, über die man sich mitunter ein wenig wundern muß. – Aber allein durch die Várzea spazieren? Du glaubst auch alles. Nein, darauf hättest du schneller kommen können, ich bin doch nicht übergeschnappt! Was hätte ich denn dort gesollt, in der sumpfigen Ödnis, wo nur Abfälle und stinkende Pfützen sind und man am Abend die Hand nicht vor Augen sieht? Nein, mein Lieber, das gewiß nicht. – Komm, wir stoßen an.« Ihre Flaschen klangen. Santin nahm ein paar kräftige Schlucke, der andere auch.

»Was weiß ich. Du kommst doch ständig auf allerhand komische Gedanken.« Hegenberg dachte kurz nach. Er hatte eine Frage, die sich nicht so ohne weiteres formulieren ließ. »Ja«, fing er an, »da warst du nun also ab und an ›in der Várzea spazieren‹, wenn ich das mal so nennen darf, und…« Hegenberg beschloß, noch einmal anzusetzen. Er räusperte sich. »Also nun mal raus mit der Sprache: Und?«

Wieder lachte Santin. »Wie soll ich das eigentlich verstehen, dein erwartungsvolles ›und‹? Ob jemand von unseren Treffen weiß? Nein, ich hoffe es nicht, wahrscheinlich würde das für einigen Wirbel sorgen; aber wenn ich ehrlich bin, so habe ich es bisher vermieden, mir darüber den Kopf zu zerbrechen – das hilft jetzt auch nicht mehr weiter, oder bist du da anderer Meinung? Na, ich weiß schon: Natürlich siehst du das ganz anders. Aber vielleicht hast du *das* ja gar nicht gemeint? Siehst du, es war ganz recht, dich als scheinheilig zu enttarnen«, trumpfte Santin auf. »Wenn du es genau wissen willst: Du scheinst mir höchst interessiert zu sein an gewissen zwischenmenschlichen Regungen, die du dir aber schon jetzt versagst, obwohl du es, strenggenommen, als Seminarist noch gar nicht müßtest. Oder hast du bereits einen Eid abgelegt? Na also.« Er wurde zusehends leidenschaftlicher. »Es würde dir nicht schaden, einmal selbst herauszufinden, wie es ist, ›in der Várzea spazieren‹. Überhaupt denke ich mir manchmal, daß es dir besser anstünde, weniger streng mit dir selbst zu sein. Du könntest zum Beispiel, so wie ich, auf Lehramt studieren, statt Seminarist zu bleiben: Da würdest du auch herausfinden, wie weit dein Glaube trägt, ohne dich gleich im Geistigen verbeamten zu lassen. Und immerhin steht dir dann noch alles offen, wenn du ein gutes Nebenfach dazuwählst. Mit Theologie allein kann man ja keine Familie ernähren.«

»Eben«, pflichtete Hegenberg im Ton größter Ernsthaftigkeit bei.

»Ja dann ...« Santin war für einen Moment verblüfft. Er hatte mit Zustimmung nicht gerechnet, und er war sich unschlüssig, wie er sie einordnen sollte. »Ich meine, es muß ja auch nicht gleich eine Familie – ...«

»Georg«, unterbrach ihn Hegenberg bestimmt, als er merkte, daß ihn der andere nicht verstand oder verstehen wollte, denn sie waren bisweilen schon auf diese Angelegenheit zu sprechen gekommen. »Zum letzten Mal: Ich will überhaupt keine Familie ernähren. Ich habe mich entschieden. Und ich will es so und nicht anders.«

Santin pfiff durch die Zähne. Er öffnete ein neues Bier und reichte es Hegenberg. »Hier, nimm, das tut dir gut, vorausgesetzt natürlich, du *willst* dir etwas Gutes tun. Ich fasse zusammen: Wilmar Olaf Hegenberg will also – …« Santin hielt inne. Er hatte eine kleine Entdeckung gemacht. »Das paßt ja hervorragend!« Er wiederholte langsam: »Wilmar will…«, und er lauschte den Worten nach, wobei er der ersten Silbe des Namens eine besondere, mutwillige Betonung gegeben hatte und beim Laut »l« so lange mit der Zunge am Gaumen verharrte, daß der Gleichklang mit dem darauffolgenden Verb nicht überhört werden konnte. Aber schon war wieder ein Klatschen zu vernehmen, begleitet von einem empörten Ausruf Santins. »Miststück! Meine Füße! Warum eigentlich fallen die verfluchten Mücken die ganze Zeit über mich her und nicht über dich?«

Jetzt war es an Hegenberg, leise zu lachen. »Du Armer. Sie finden dich eben gastfreundlicher, was daran liegen könnte, daß du immer noch Schlappen und kurze Hosen trägst.«

Santin blickte auf seine Beine. »Auch wieder wahr. Trotzdem«, sagte er. »Schließlich sind das ja keine kurzen Hosen, sondern dreiviertellange. Sag, du hast doch sicherlich etwas von deinem Wundermittel dabei?« Er kratzte sich mit beiden Händen die Füße. Sie waren längst zerstochen. Hegenberg fing an, in seinen Hosentaschen zu kramen, und förderte eine Tube zutage, die er Santin reichte. »Danke dir!« Großzügig rieb sich dieser Knöchel und Unterschenkel ein und legte die Tube beiseite. »Wie auch immer«, nahm er alsbald das Gespräch wieder auf, »selbst wenn du Seminarist bleiben willst – klammer' dich nicht so eisern an längst überkommenen Vorstellungen fest.«

Hegenberg schüttelte den Kopf. »Darum geht es mir nicht. Laß es mich wie folgt sagen: Man muß nicht jede Erfahrung gemacht haben, um wirklich etwas zu wissen. Muß ich jemandem den Kopf einschlagen, damit ich leibhaftig weiß, wo genau seine Gedanken herkommen – nur um dann befriedigt festzustellen, daß es deren Ursprung, das Gehirn, tatsächlich gibt?«

»Bei einigen hielte ich das durchaus für angebracht«, gab Santin zurück. »Und für den Fall, daß der mutige Forscher vor einer gewissen Leere entsetzt zurückweichen sollte: Dann wäre so mancher Zweifel endlich ausgeräumt. Aber im Ernst: Jetzt übertreibst du, Wilmar. Das eine, von dem wir ganz zu Anfang sprachen, ist natürlich und als Erfahrung dem menschlichen Leben von vornherein eingeschrieben, das andere jedoch ist ignorant, menschenverachtend, überflüssig und willkürlich.«

»Aber davon rede ich ja«, beharrte Hegenberg, »denn wer entscheidet das? Beides sind Erfahrungen, die man für unabdingbar halten kann, was umgekehrt bedeutet: Es kann kein Ziel sein, jede mögliche Erfahrung einmal gemacht zu haben, weil das erstens ganz und gar unmöglich und zweitens schnell mit gewissen Grundsätzen nicht zu vereinbaren ist. Deswegen ist der Verzicht darauf, »in der Várzea zu spazieren«, auch nur ein Lebensweg von vielen: Bei jedem dieser Wege muß man sich eines anderen enthalten und in manchen Momenten eben zusammennehmen; nicht zuletzt, wie ich anmerken möchte, aus Rücksicht auf andere. Um es kurz zu machen: Man kommt um Verzicht nicht herum, das kannst du drehen und wenden, wie du willst.«

»Mein Lieber, jetzt aber langsam. Genau das ist doch die Wurzel allen Übels! Eine lebensfeindliche Strenge, die sich als lebensnotwendiger Grundsatz tarnt – nichts anderes ist Verzicht, wenn du ihn so verherrlichst.«

»Na, jetzt bist *du* aber streng, Georg, statt mich einfach mal so vor mich hinreden zu lassen ... Grundsätzlicher, freiwilliger Verzicht ist unerläßliche Vorbereitung, und zwar für einen Fall, der sicher und bei jedem eintreten wird: Daß einem einige Möglichkeiten zugunsten anderer entwischen – und daß dann, manchmal auch im schmerzhaftesten Sinn, auf einmal Schluß ist mit freiwillig. Deshalb läßt es sich nicht vermeiden, mit Disziplin und Selbstbeherrschung ein Fundament oder besser: eine Struktur zu schaffen, die im Leben ausgleichend wirkt und tatsächliches Wissen vielleicht gar erst ermöglicht, und wie man das am besten bewerkstelligt: Das ist die große Frage, davon bin ich überzeugt. Und das große Ziel.«

»Wilmar, vor allem aber ist das Unsinn.« Santin spürte, daß seine Gesichtshaut heiß war und ein wenig kribbelte, was teils am Alkohol lag, aber auch, weil ihn das Gespräch ganz in Anspruch nahm. »Das Starre, das ist ja gerade das Schlimme und zutiefst Lebensverachtende. Wie kann man das Leben in Regeln zwingen? Wie kann man versuchen, es starr nach seinem Sinn zurechtzustutzen, ob es nun paßt oder nicht? Welch eine Anmaßung! Vielmehr geht es doch um etwas anderes: Man muß sich den Gegebenheiten anpassen, sie mit noch unerforschten Sinnen ausloten und aus dem Moment heraus entscheiden. Erst dann lebt man wirklich, und nicht umsonst hat der Mensch einen freien Willen.«

»Ja, den hat er«, stimmte Hegenberg zu, dessen Wangen ebenfalls glühten. »Aber doch nur, um sich selbst Gesetze zu geben.«

»Das glaubst du doch selbst nicht!« Santin richtete sich mit einem Mal auf. »Frei bedeutet nichts anderes, als daß man eben keinem Gesetz folgen muß, was übrigens, wie ich meine, ganz wunderbar im Dogma der Gnadenwahl ausgedrückt ist – die würde es sonst ja gar nicht geben. Da haben wir es: Was allein zählt, ist Einsicht und echte Reue. Und was das Verhältnis von Gesetz und Leben angeht, so brauchst du nur im ›Ersten Buch Mose‹ nachzuschlagen, bei den Söhnen Abrahams und später bei Isaaks Zwillingen: Wer, bitteschön, ist dort denn der Segensträger – etwa der Erstgeborene, wie es das Gesetz verlangt hätte? Siehst du. Nein, mein Lieber, starres Festhalten an den Regeln ist nichtig und sogar gefährlich, weil es den Instinkt betäubt. Segensträger ist nicht umsonst derjenige, den das Leben dazu bestimmt hat, auch wenn er unter Umständen den legitimen Erben und Erstgeborenen erst um den Segen betrügen muß, um die Lebenswahl faktisch sichtbar zu machen.«

Hegenberg versuchte zu überlegen. Santins Schlußfolgerung kam ihm abenteuerlich vor, aber sobald er den Sinn der Worte zu fassen glaubte, entwischten sie und schwirrten wieder in seinem Kopf; ferner spürte er ein nicht unangenehmes, mit jedem Schluck stärker werdendes Pulsieren in seinen Schläfen, das sämtliche Gedanken zu versprengen drohte.

»Mag sein«, erwiderte er mühsam. »Obgleich du zugeben mußt, daß der Segensträger gerade dadurch eine besondere Verantwortung hat. Ich bleibe dabei: Man kommt nicht darum herum, gewisse Neigungen zu bezwingen … Und so gesehen ist das priesterliche Leben nichts anderes als eine besondere Form der Lebensführung, die dennoch ausnahmslos alle Bereiche des Menschlichen umfaßt – genau wie …« Es fiel ihm nicht sofort ein Vergleich ein. »Genau wie … in der Geometrie das Quadrat nur ein Sonderfall des Rechtecks ist.«

»Du bist mir ganz ohne Zweifel ein Prachtexemplar von einem Quadrat, das gebe ich gern zu!«, prustete Santin, mit einer vom Bier längst ungelenken Zunge, und klopfte Hegenberg auf den Rücken. »Mit akkuratem Scheitel, vorbildlich ausgeformten Muskeln und überhaupt allem, was zu einem Quadrat so dazugehört. Aber, mein Lieber, wenn ich an dein Begehr denke, alles Mögliche über mein ›Spazieren in der Várzea‹ zu erfahren … Dann muß ich vor allem eines bezweifeln: Daß du, geschätzter Wilmar und entschlossener Gottesknecht, ein Sonderfall der Gattung Mann bist!« Bei dieser Bemerkung wurde Santin von einer Heiterkeit ergriffen, die ihn zuerst verhalten, dann immer lauter lachen ließ. Hegenberg stimmte ein, was Santin nur noch mehr anstachelte, bis seine Augen tränten und auch Hegenberg sich das eine oder andere Mal über das Gesicht wischte.

Nur hatte ein Wort Santins bei ihm unbemerkt an Pforten gerüttelt, hinter denen sich unauffindbar Geglaubtes verbarg, und auf einmal wußte er, wie das Gedicht begann. Leise fing er an, es zu rezitieren, unbeirrt vom Pochen seiner Schläfen und von Santin, der sich weiter einem herzlichen Lachen hingab. Hegenberg sprach, den Worten nachlauschend, so langsam und artikuliert, wie es ihm in seinem Zustand wohl niemand zugetraut hätte:

»Es fuhr ein knecht hinaus zum wald
Sein bart war noch nicht flück
Er lief sich irr im wunderwald
Er kam nicht mehr zurück
...«

*

Das Wetter war schlechter geworden. Die Wolken hatten sich bis in entlegene Sphären hinaufgetürmt und allmählich den Himmel verschlossen. Am Anfang tröpfelte es nur leicht auf die Reisenden hernieder, begleitet von einer ungewöhnlichen Kühle, die sie zunächst begrüßten, denn die Hitze der vorangegangenen Sonnentage war schwer zu ertragen gewesen, und bei der Ankunft in Humaitá, wo sie für eine Nacht die Fahrt unterbrochen und den Pater zurückgelassen hatten, fühlten sie sich sogar ein wenig erfrischt. Aber selbst mittags fuhren sie nun unter Schatten. Das Grün zu beiden Seiten des Flusses wirkte düster, fast schwarz. Wenn die Sonne doch einmal hervorbrach, so mutete es verzweifelt an, wie eine gekünstelte, hysterische Heiterkeit, mit der die Natur eine bedrückende Spannung zu überspielen suchte, und das Wasser gleißte, als käme das Licht in Wirklichkeit aus der Tiefe. Manchmal zogen Unwetter auf, mit Blitzen, denen der Donner fehlte, und abermals begannen sich die Dünste des Waldes zu verdichten. Man schwitzte unablässig; der Schweiß durchdrang die Kleidung und verklebte die Haare. Selbst Wasser brachte keine Kühlung. Es ließ den Film auf der Haut nur schmieriger werden.

Der starke Regen, der auf den Aufenthalt in Humaitá folgte, dauerte drei Tage. Manchmal setzte er aus; trügerische Pausen waren das, in denen sich das Wasser hoch oben zu sammeln schien, um mit noch größerer Heftigkeit herunterzuschütten. Es prasselte auf die Planen, mit denen das Boot nun abgedeckt war, drang dennoch überall ein, bis trotz unermüdlichen Schöpfens die Füße der Reisenden im Wasser standen. Die Lache schwappte hin und her. Immer schepperte irgend etwas. Mit der Feuchtigkeit kamen Mücken und lästige, kleine Fliegen. Ihre Stiche riefen Allergien hervor; die Haut juckte und schwoll an, manche Einstiche entzündeten sich. Hegenberg hatte sich nur mit Mühe zu beherrschen gewußt, als er feststellen mußte, daß die Tube mit seinem Mückengel verschwunden war. Zwar konnte er sich nicht mehr entsinnen, wann genau er sie das letzte Mal gesehen hatte, glaubte sie aber Santin gegeben zu haben, was dieser nicht bestritt. Im Gegenteil, er konnte sich gut an die lindernde Wirkung des Gels erinnern. Nur wo er es vergessen hatte, fiel ihm nicht ein. So angestrengt dachte er nach, den Blick träumerisch ins

Leere gerichtet, daß er auf die Idee, sich zu entschuldigen, gar nicht kam. Sie ging ihm erst später durch den Kopf, als er eine solch nachgeschobene Entschuldigung bei sich jedoch als aufgesetzt, übertrieben und lächerlich ablehnte und sie daher bleiben ließ.

Auch im strömenden Regen mußten sie einige Male das Boot verlassen. Seit der Pater von Bord gegangen war, wurde jede Hand gebraucht, das Kanu wieder flott zu machen. Bis auf den Verkrüppelten mußten alle anderen schieben und zerren. Auch Santin kam nicht umhin, in das Wasser zu steigen, nur konnte man seiner Miene deutlich den Widerwillen ansehen, mit dem er es tat – im Gegensatz zu dem tatkräftigen Gleichmut, der von Osmarino ausging. Der Motorista erinnerte an einen Waran in seiner lauernden, hellwachen Starre, und so blitzschnell konnte er sie in ein Handeln auflösen, bei dem jeder Handgriff wie seit Generationen einstudiert saß, daß sich die Gefährten manchmal wunderten, daß keine Fliege in seinem Mundwinkel klebte. Wenn sie wieder schleunigst reagieren und in den Fluß springen mußten, machte sich nun ausgerechnet Bomfim einen Spaß und feuerte seine Gefährten mit meckerndem Lachen an. Es trug ihm böse Blicke von Santin ein. Er fühlte sich verspottet.

»Statt uns so eifrig anzutreiben, sollte sich der Kerl vielleicht mal nützlich machen«, empörte er sich einmal, als ihm das Wasser bis zum Hals stand.

Hegenberg sagte nichts. Er zuckte nur mit den Schultern. Überhaupt versuchte er, es dem Motorista gleichzutun und möglichst unbewegt zu erscheinen. Nur hatte er große Mühe damit, weil es längst in ihm wallte und brodelte, und wenn Santin wieder ein allzu mißgelauntes Gesicht machte, entfuhr Hegenberg das eine oder andere Mal die Bemerkung, er solle sich gefälligst zusammenreißen; Bemerkungen, für die sich Hegenberg sogleich im stillen tadelte, waren sie doch ebenfalls Ausdruck jener Unbeherrschtheit, die er, angesichts einer für alle ähnlich unangenehmen Situation, als Zumutung verabscheute und mit um so größerer Verbissenheit bei sich selbst zu zügeln trachtete. Unterdessen waren sie einer Empfehlung Osmarinos gefolgt und hatten sich, wie es manche Caboclos zu tun pflegen, die Knöchel mit einer Mischung aus Motorenöl und Zitronensaft eingerieben. Einzig Bomfim hatte das aufdringlich riechende Gemisch abgelehnt, mit der Begründung, die Mücken würden ihn ohnehin angstvoll meiden.

In einem Nest namens Maréchal Thaumaturgo blieben sie einen Tag und eine Nacht. Der Regen war so stark geworden, daß an Weiterfahrt nicht zu denken war; sie warteten, bis am Morgen des zweiten Tages der Himmel aufriß und ein schwüler Wind die Wolken etwas auseinandertrieb. Maréchal Thaumaturgo bestand aus ungefähr zehn, im lichten Wald verstreuten Pfahlbauten. Die Überlebenden einer

Strafexpedition hatten die Ansiedlung gegründet und sie respektvoll nach ihrem Truppenführer benannt, einem ansonsten vergessenen Marschall, der, wie die meisten Angehörigen seiner aufgeriebenen Truppe, hier einem Fieber erlegen war. Unter einem luftigen Holzdach verbrachten die Reisenden eine leidliche Nacht, wenn man davon absieht, daß unter dem auf Holzpfählen errichteten Podest nachts die Schweine grunzten und noch vor Tagesanbruch ein paar Kinder hinaufgeklettert waren; neugierig, unter Gekreisch und Gekicher, probierten sie Hegenbergs riesige Schuhe an und strichen über die Haare der schlafenden Fremden. Kaum waren diese vom Lärm erwacht, stob die Bande unter noch größerem Geschrei davon, um sie aus der Ferne weiter anzustarren. Hegenberg hatte schwere, von großer Müdigkeit beladene Glieder und einen unwirklich leichten Kopf; Santin klagte über ein Kratzen im Hals und klamme Kleidung. Er weigerte sich zunächst aufzustehen und fragte, ob es in dem immerhin stolz nach einem Marschall benannten Nest vielleicht einen Doktor gebe. Osmarino verneinte. Widerstrebend erhob sich Santin. Und obwohl Hegenberg es keinem eingestand, nicht den anderen und am wenigsten sich selbst, so wäre auch er am liebsten liegengeblieben und hätte vor sich hin gedämmert, stundenlang, vielleicht tagelang, seltsam fröstelnd trotz der Hitze, eingehüllt in Decken. Aber sie waren kurz vor dem Ziel, und so drängte Hegenberg, unterstützt von Osmarino, der das nunmehr trockene Wetter ausnutzen wollte, auf schnellen Aufbruch – nur dadurch verzögert wurde die Abreise, daß sich Santin unter der jammernd vorgetragenen Rechtfertigung, er fühle sich nicht besonders, mit dem Packen und der Morgentoilette aufreizend viel Zeit ließ.

Es war um die Mitte des übernächsten Tages, daß Hegenberg ins Dösen geriet. Den Kopf hatte er auf seinen Rucksack gelegt, und wenn er nicht die Augen geschlossen hielt, betrachtete er die Wolken oder verfolgte mit den Blicken die Umrisse der Baumkronen. Bilder fielen über ihn her. In ihren Strudel stürzten Lichtpunkte und Fetzen von Grün, solange Hegenberg noch mühsam ab und zu die Lider hob; ein eigener Rhythmus entstand, in den sich das Schaukeln des Bootes fügte, und es dauerte nicht lange, da fand sich Hegenberg mit einem Mal sitzend im Boot wieder, allein, und es war Nacht. Dennoch konnte er die Umgebung ausgezeichnet erkennen. Alle Dinge und Lebewesen; die Bäume, das Gesträuch, sogar das Wasser, schienen von innen heraus zu leuchten. Nur eine dunkle Stelle konnte er inmitten dieser schimmernden Welt ausmachen, und als Hegenberg feststellte, daß sein Kanu geradewegs auf diesen düsteren Ort zutrieb, befiel ihn Unbehagen: Eine Sandbank war es, wie er erkannte: eine Sandbank, die unten in der Várzea lag. Es war, als schluckte dort der Sand alles Licht, und nur schwer waren die rätselhaften Rahmen zu erkennen, die sich, jeweils an den Enden der Sandbank errichtet, einander gegen überstanden. Eine Linie trennte sie. Hegenberg fühlte sich beim Näherkommen an ein Spielfeld erinnert, ohne Spieler und ohne Spiel, eine Stätte namenloser Regeln. Sand knirschte unter dem Boot, das an Land gespült wurde und liegenblieb, genau auf der Linie ausgerichtet. Der Gestrandete sah sich um.

Im Wald wogten weiße Punkte. Sie näherten sich dem düsteren Strand. Hegenberg kauerte sich im Kanu zusammen, daß bloß seine Augen über dem Bootsrand zu sehen waren. Er merkte, daß die Punkte in Wirklichkeit Kleider waren, weiße Kleider, und in einer würdevollen Prozession sah er Frauen durch die Finsternis auf sich zuschreiten, durch Pfützen und Rinnsale, bis sie die Sandbank erreicht hatten. Sie schritten in zwei langen Reihen an ihm vorbei, links und rechts vom Boot, so wie sich ein Fluß vor einer Insel teilt, und er hörte, daß sie hinter ihm ins Wasser gingen. Er brannte darauf, sich umzudrehen. Irgend etwas hielt ihn zurück.

Die Frauen hatten langes, schwarzes Haar. Bekränzt waren sie mit weißen, duftenden Lilien, deren Staubgefäße abgeschnitten waren, und Hegenberg hörte, wie sie das schöne Prozessionslied sangen: »A treze de Maio … Na cova da Iria …. Apareceu brilhando … A Virgem Maria…« Langsam und gefaßt zogen sie an Hegenberg vorbei, und mancher Blick ließ ihn fein erschauern. Den Frauen folgten Mädchen unterschiedlichen Alters. Zart waren ihre Gesichter, aber nicht von zwiespältigen Vorfreuden verklärt und leise und wissend lächelnd wie die ihrer Vorgängerinnen, sondern furchtverzerrt, die Augen starr geradeaus auf das Wasser gerichtet. Hegenberg fragte sich, wovor sie Angst haben könnten da drinnen im Wasser. Der Gedanke peinigte ihn, denn der Grund der Angst war ihm so verborgen wie die unerforschten Gefühle auf dem Grund seines Herzens. Auf einmal überwog die Neugier. Sie riß Schranken nieder, die er für dauerhaft und schützend gehalten hatte, und er hatte keine Angst mehr, sich nach der Wahrheit umzutun. Langsam wandte er den Kopf.

Von hinten waren die Mädchen nackt. Doch es war nicht allein die Nacktheit, die ihn in Aufruhr versetzte, vor allem waren es nie gesehene, fürchterliche Narben an ihren Beinen, zerwühltes Fleisch, das nur auf langwierige, schmerzvolle Art gesunden wollte. Das Gewebe würde nie die Spuren seiner Zerstörung verbergen: Es würde sie höchstens überwuchern können. Hegenberg sah, wie sich die Mädchen bekreuzigten, bevor sie in den Fluß gingen; ohne innezuhalten, schritten sie tiefer und tiefer in das Wasser, das ihnen immer höher am Körper stieg, bis eine nach der anderen darin verschwunden war.

Nur noch weiße, duftende Lilienkränze schwammen auf dem Wasser, und der Zurückgebliebene blickte lange auf die treibenden Kränze. Das Sterben war nicht wichtig. Hier lebte alles. Seine Hände wurden feucht. Ja, auch Angst war etwas Lebendiges, und auf einmal erfüllten ihn ein tiefer Frieden und eine große Feierlichkeit. Er wußte, was zu tun war. Ohne weiter zu zögern, verließ er sein gestrandetes Kanu; auch er trat in die Várzea und warf sich dem Fluß entgegen, der ihn nun viel mehr lockte als alles andere in der Welt, er hob den Fuß, um ihn ins Wasser zu setzen – aber kaum berührte die erste Welle erlösend seine Zehen, wich das Wasser zurück. Hegenberg stutzte. Wie konnte das sein? Wieder versuchte er es. Diesmal gelang es ihm nur, den großen Zeh zu benetzen. Was sollte das! Er war doch bereit! Er *wollte*! Wütend drehte er sich um, ging ein Stück zurück und nahm einen großen Anlauf, um gleich, statt zögerlich zu schreiten, mitten hinein in den Fluß zu springen, und während er noch durch die Luft flog, sah er, wie sich unter ihm die Fluten zurückzogen, bis ein freier Platz in Form eines – er glaubte seinen Augen kaum zu trauen – eines Quadrates! entstanden war, und als er gerade mittendrin in einem warmen, erbärmlichen Rest Wasser landete, hörte er leises, höhnisches, wohlbekanntes Lachen, das ihn, der in seiner Pfütze saß, unbeschreiblich reizte, und von irgendwoher kamen die Worte:

»Na, Hegenberg, das war wohl nicht gerade ein Katzensprung ...«

Er spürte Nässe, die von unten kam...

»... Aber immerhin ist es endlich geschafft. – Hegenberg?«

Der so Angesprochene hielt die Augen weiter geschlossen. Ja, das Lachen, die Stimme, das war Santin, ohne Zweifel. Santin ... Vor ein paar Tagen hatte es angefangen, daß dieser ihn nur noch beim Nachnamen rief, mit einer neuen, fordernden Betonung, was Hegenberg nach dem anfänglichen Stich, den man verspürt, wenn man eine solche, in einer winzigen Abweichung vollzogene Änderung eines einst von besseren Gefühlen geprägten Verhältnisses feststellt, bald selbst nicht ohne eine gewisse Dankbarkeit aufgegriffen hatte. Es machte manches leichter. Es rückte den anderen viel weiter weg, auf eine Stufe, die nicht so viel Verpflichtendes hatte. Dort saß er nun, als bedenkenlos freigestelltes Exponat für Hegenbergs Beanstandungen, Urteile, Mißbilligungen – ein Platz, den Santin umgekehrt auch Hegenberg zugewiesen hatte –, und so hatte allein die Tatsache, daß sie einander bloß noch beim Nachnamen nannten, dazu geführt, daß jedes »Wir« einem um so lauteren »Ich« gewichen war, das Distanz behauptete und einforderte. Gleichzeitig war etwas Joviales und, auf eine Art, auch etwas Unverbindliches, Flapsiges in dem auf diese Weise bekundeten Abstand, so daß man, wenn man es denn wollte, noch immer ohne Gesichtsverlust zu einem gemeinsamen Nenner finden konnte. Ja, wenn man denn wollte …

»Hegenberg!«

Er öffnete die Augen. Sein Kopf fühlte sich nach wie vor unerträglich leicht an, dieser schien von innen mit einem feinem Gespinst ausgepolstert zu sein, das sich zwischen ihn und die Welt geschoben hatte – alles Äußere erreichte ihn matt und zeitverzögert, während innen die Gedanken ungedämpft lärmten, jeder einzelne gefolgt von einem quälend lauten Widerhall. Hegenberg fehlte das Gefühl dafür, ob es später Vormittag oder schon Nachmittag war. Er fand sich im Boot wieder, Füße und Hosenboden naß von Wasser, das sich unten im Kanu gesammelt hatte und bei einem Manöver des Motoristas zu ihm hinübergeschwappt war. Santin hatte sich über ihn gebeugt, die Augenbraue prüfend hochgezogen, und als er sich vergewissert hatte, daß der andere nicht nur wach war, sondern auch allmählich zu sich fand, klopfte er ihm derb auf den Schenkel.

»Jetzt komm mal auf die Beine, Hegenberg«, sagte Santin. »Wie es aussieht, sind wir angekommen.«

Mit einem Ruck setzte sich Hegenberg auf. Vor ihnen lag eine lange Flußgerade. Der Amônia – dies war der Name jenes Flüßchens, das der Serra do Divisor entspringt, nahe Maréchal Thaumaturgo in den

Juruá mündet und den letzten Teil der Strecke ausgemacht hatte – strömte durch eine Niederung, die voller Sandbänke und seitwärts überschwemmter Ufergebiete war. Am Ende der Flußgerade, an der nächsten Biegung, erhob sich eine sanfte Anhöhe. Sie war von Bäumen befreit, mit Ausnahme einer majestätischen Samaúma, deren weite, flache Krone sich wie ein Wahrzeichen gegen den Himmel abhob. Schon aus der Entfernung sah man etliche Hütten, die dort oben mit Blick über die Niederung erbaut waren. Unten am Strand lagen Einbäume und, wie sich beim Näherkommen zeigte, auch ein großes geräumiges Kanu, das, sofern die Augen nicht trogen, einen Außenbordmotor hatte.

»Sieh mal einer an«, ließ sich Santin vernehmen, »wenn das kein äußerst verläßlicher ›burro preto‹ von sieben Pferdestärken ist ... Wie kommt der denn hier her?«

»Nun, Santin, dreimal darfst du raten«, entgegnete Hegenberg, während er ins Wasser griff, um ein treibendes Blatt zu fangen.

»Sehr komisch ... Ich meine, es ist doch erstaunlich, auf was man hier mitten im Wald trifft ... Nun gut, in Cruzeiro do Sul hält man es ja auch nicht für sonderlich bemerkenswert, daß dort ein paar Autos fahren, obwohl es nicht einmal eine Straße gibt, die dorthin führt, und hier, an einem Fluß, ein Boot mit Motor ... – ja, wahrscheinlich ist es wirklich das Natürlichste von der Welt. Wahrscheinlich fährt längst eine Tram durch das Dorf dort oben. Aber ob sie wenigstens aussehen wie Indios, nackt, mit Farbe im Gesicht und federgeschmücktem Blasrohr? Na, die werden sich jedenfalls noch bedanken, wenn wir ihnen unseren Bomfim vor die Füße setzen, einfach so, und ich bin ja sehr gespannt, was sie dazu –…«

Er verstummte beleidigt. Hegenberg, ohne ein Wort zu sagen oder ihn eines Blickes zu würdigen, war aufgestanden und hatte sich weiter vorn hingesetzt, so daß alle vier Insassen des Bootes nun mit ungefähr gleichen Abständen zueinander saßen, und ließ das Ufer, auf das sie zusteuerten, nicht mehr aus den Augen. Jetzt war ein wenig Bewegung in das Dorf gekommen. Man hatte das Boot anscheinend entdeckt. Ein paar Gestalten lösten sich von den Hütten, gingen hinunter zum Strand und blieben in einiger Entfernung stehen.

Es stellte sich heraus, daß Osmarino ein paar Brocken ihrer Sprache kannte, und auch ein wenig Piro, was ganz ähnlich und zumindest für diese Leute hier verständlich war, und zielstrebig wandte er sich an einen kompakten, robusten Mann, der sich aus der Mitte der anderen nach vorne schob. Er trug Hemd und Hose wie auch die meisten seiner Begleiter; nur wenige hatten die selbstgewebten Cusmas übergestreift. Hegenberg hätte schwören mögen, daß da einer seiner Onkels vor ihm stand in jener typischen Haltung, die er als Kind des öfteren nachgeahmt hatte; etwas träge und griesgrämig und respektierlich, den Kopf leicht geneigt, wenn er ihn nicht würdevoll auf die Brust preßte, so daß die Halspartie noch viel kräftiger und stabiler wirkte, als sie eigentlich war. Hegenberg war sich fast sicher, daß dieser Indio hier auch leicht den Mundwinkel verzog, die Brauen eigentümlich hob und die Wangentasche ganz leicht zwischen den Zähnen knetete wie jener Onkel, wenn er ins Nachdenken geriet; nur waren bei dem Kaziken die kleinen Bewegungen des Mienenspiels kaum auszumachen, weil sein Gesicht mit Urucú rot bemalt war, wie es sich gehörte. Er lauschte dem Motorista, ohne ihn zu unterbrechen. Auf einmal lachte er, wandte sich zu den Seinen um, sagte etwas, und dann lachten auch diese; daraufhin gab er Bomfim einen Klaps, richtete noch einige Worte an ihn und stieg wieder zum Dorf empor. Osmarino wies Santin und Hegenberg an, einem der Dorfbewohner zu folgen und den Aussätzigen zu einer etwas abgelegenen, ansonsten leeren Hütte zu tragen. Im übrigen könnten sie die Nacht über bleiben und sollten dann, so wünschten es die Gastgeber, gleich am folgenden Morgen die Heimreise antreten. Was Bomfim betreffe, so werde die Gemeinschaft erst in ein paar Tagen über ihn entscheiden; in Angelegenheiten der inneren Ordnung habe auch ein gewisser Pawa ein Wörtchen mitzureden, den man allerdings erst in einem komplizierten Ritual beschwören und befragen müsse.

»Aber was hat er denn jetzt zu den anderen gesagt?«, wollte Santin wissen.

»Wer, Kazike Teinkari? Nun, daß sich Bomfim ganz gut gehalten habe«, erwiderte mit einem kaimanschnellen Blinzeln der Motorista.

IV.

Santin fror. Das Boot eilte flußabwärts, umgeben von Schemen und Schatten, denn der Himmel war dunkel und schwer, und mit dem Nieselregen, der wieder eingesetzt hatte und einen allmählich bis auf die Haut durchnäßte, hatte sich ein Wind erhoben. Osmarino behauptete gleichmütig seinen Platz am Steuer, und Hegenberg tastete immer wieder zwischen dem Lattenrost am Boden herum, als suche er etwas. Ein fahles Licht lag über dem Wasser. Einen und einen halben Tag war es nun her, daß sie das Ashaninkadorf verlassen hatten. Man hatte sich schnell und mit Leichtigkeit verabschiedet, was Santin nicht nur wegen des Kratzens in seinem Hals lieb gewesen war. Er hoffte, ohne größere Verzögerungen in Cruzeiro do Sul anzukommen, wo die Fahrt endlich ein Ende haben würde und man sich wenigstens aus dem Weg gehen konnte. Was für ein Glück, daß Osmarino bei ihnen war! Denn ganz allein mit Hegenberg – Santin hätte es nicht länger ausgehalten.

Der andere ließ ihm keine Ruhe mehr. Jener schien nun geradezu auf Gelegenheiten zu warten, Santin der Schwäche zu bezichtigen und ihm mit lächerlichem Ehrgeiz vorzuführen, wie man sich trotz eines unwirklich leichten Kopfes zusammenreißen und allen Aufgaben ganz vorbildlich stellen konnte; im übrigen zweifelte Santin, ob es mit Hegenbergs Malaise wirklich so viel auf sich hatte: Ein bißchen Kopfschmerz bedeutete nicht das Ende der Welt, verglichen mit jenem wirklich üblen Kratzen im Hals, von dem er, Santin, sich aufs äußerste geplagt sah; nein, er hatte den anderen sogar im Verdacht, aufgrund von befremdlichen, sonderbar eitlen und womöglich sendbotenhaften, auf jeden Fall aber verzichtverherrlichenden Prinzipien gewaltig zu übertreiben. Und auch wenn sich Hegenberg öfter an den Kopf faßte, seine Augen für Sekunden schloß und ein wenig mit dem Kiefer mahlte, während er mit hörbarem Stoß ausatmete – für Santin war es immer nur ein ewig gleicher Vorwurf, den er hinter derart auffälligem Gebaren verborgen wähnte. Ja, er erwog nicht einmal im Ernst, daß es Hegenberg schlecht gehen könnte; es kam ihm vielmehr so vor, als gebe sich jener einer verdrehten, abseitigen *Lust* am Kränkeln hin, damit er noch fordernder und unschuldigen Gewissens mit dem Finger auf Santin weisen konnte; eine sich unangreifbar machende Selbstgerechtigkeit beobachtete er, die er von ganzem Herzen verabscheute. – Und er selbst? Nun, Santin entzog sich. Störrischer und mürrischer denn je überließ er sich mit verzogenen Mundwinkeln seinem Unwohlsein. Er bedurfte ein wenig der Schonung … War das so schwer zu begreifen? Es war doch kein böser Wille! Und außerdem war der andere doch gesünder, stärker …

Aber wo dachte er hin? Seit diesem Morgen wußte er, daß Hegenberg einen Teufel tun würde, ihn in Ruhe zu lassen. Mehr noch, seit diesem Morgen ahnte er eine heimliche und häßliche, triumphsatte Freude, falls er wieder in den Fluß steigen müßte, unfreiwillig und gezwungenermaßen, wenn sich die Strömungsrinne als zu seicht erweisen oder Gestrüpp das Boot umfangen sollte; er wartete geradezu auf die Genugtuung des anderen, ihn widerstrebend im Wasser zu sehen, beim Schieben und Zerren – sich eben daran erfreuend, *daß* Santin all dies widerstrebte. Und während er sich in diesen Gedanken verkeilte, angetrieben von einer stillen Wut, faßte er einen Entschluß. Nein, seit diesem Morgen war er sich sicher: Von Hegenberg würde er sich nie wieder etwas befehlen lassen. – Folgendes war beim Aufstehen passiert: Hegenberg hatte Santin geweckt, dieser jedoch hatte sich nicht sofort erhoben, sondern schlaftrunken in eine bequemere Stellung gewälzt. Nach einer Weile versuchte Hegenberg es erneut.

»Verdammt, Santin, beweg dich, wir wollen los …«

Nichts rührte sich in den Decken.

»Hast du alles gepackt? Oder muß man warten? Santin!« Er berührte ihn, als sich noch immer nichts tat, mit der Fußspitze. Mit einem Mal brüllte er los: »Santin! Wenn du nicht sofort aufstehst!« Dabei überschlug sich seine Stimme, die das Laute nicht gewohnt war, er verschluckte sich und hüstelte.

Santin wendete mit einer nachlässigen Bewegung den Kopf zur Seite, ließ aus halbgeschlossenen Augen seinen Blick die Beine neben ihm hinaufwandern und schwenkte schließlich hinüber zum Boot, wo Osmarino mit dem Motor beschäftigt war. Dort verweilte er träumerisch, um dann von neuem Hegenberg zu mustern. Dieser bekam sich gerade wieder in den Griff. Nur auf seinen Wangen waren unregelmäßige, rote Flecken. Santin gähnte und machte nicht die geringsten Anstalten aufzustehen. Er blinzelte den anderen an, schläfrig und ein wenig erstaunt.

»Ja, Hegenberg, wenn ich nicht aufstehe – dann …? Was passiert denn dann?«

Hegenberg schwieg. Die Flecken in seinem Gesicht sahen wie abgezirkelt aus.

»Gut, gut, ich sehe schon, du machst es also spannend«, bemerkte Santin spöttisch. »Willst du nicht etwas mehr verraten? Bitte, Hegenberg, tu mir den Gefallen! Aber wahrscheinlich weißt du es selbst nicht so genau, was dann passieren wird. Es ist wohl noch ein bißchen früh, sogar für dich … Ich mache dir einen Vorschlag: Ich schlafe noch ein bißchen – …«

»Ja, bitte, laß dir mal richtig Zeit«, unterbrach ihn Hegenberg nun mit einem düsteren Eifer, von dem Santin sich jedoch nicht beirren ließ:

»… du spannst mal richtig aus …«

»Von mir aus kannst du gern noch eine Stunde liegenbleiben oder besser gleich zwei.«

»… und vielleicht solltest du dich auch einmal in Selbstbeherrschung üben und jene unausstehliche Neigung bezwingen, immer so früh aufbrechen zu wollen …«

»Ja, wir könnten gleich den ganzen Tag hierbleiben!«

»… nicht zuletzt aus Höflichkeit …«

»Wir könnten baden gehen, gefiele dir das?«

»… und, natürlich, aus Rücksicht auf andere …«

»Oder die schöne, grüne Umgebung erkunden, wenn wir schon einmal hier sind.«

»… zum Beispiel: aus Rücksicht auf mich.«

»Den Ausflug selbstverständlich nur, wenn das deine zarte Verfassung nicht weiter beeinträchtigt, und überhaupt: Falls ich dir irgend etwas abnehmen kann …«

Santin gähnte wieder. »Hegenberg, jetzt reicht es. Laß mich endlich in Ruhe.« Er strich sich mit einer langsamen Bewegung eine Strähne aus der Stirn. »Siehst du übrigens Osmarino da drüben? Er überprüft sowieso noch den Motor, das kann dauern, wie du weißt. Ja, im Gegensatz zu dir scheint es ihn ohnehin recht kalt zu lassen, ob wir fünf Minuten früher oder später aufbrechen … «

»Denkst du. Er hat den Motor längst überprüft.«

»Wir werden auch so noch eine gehörige Tagesstrecke schaffen.«

»Komm jetzt, Santin.«

»Du wärst doch selbst am liebsten liegengeblieben. Und nur, weil du dich hochgequält hast …«

»Unsinn.«

»Doch, gib's zu!«

»Das ist lächerlich.«

»Ich weiß es!«

»Steh auf!«

Abgehackt und roh klang es, mehr Schrei als Wort war es, und Santin blickte Hegenberg finster an, während in ihm ein ungeheurer Trotz wuchs. Ohne etwas zu erwidern, warf er sich auf die andere Seite, so daß er Hegenberg den Rücken zuwandte, und zog die Decke noch enger um sich herum.

Und dann geschah folgendes: Hegenberg riß Santin die Decke vom Leib. Mit einem Mal war dieser auf den Beinen, um sich seine Decke wiederzuholen. Beide zerrten sie hin und her, wobei es dem wieder stark hüstelnden Hegenberg gelang, den widerstrebenden Santin, der aber auch nicht loslassen wollte, Stückchen für Stückchen immer weiter in seine Richtung zu ziehen; Santin wiederum litt ungemein darunter, daß er dem anderen körperlich unterlegen war, und nannte ihn, unter Keuchen und Ächzen, einen lausigen Pedanten und verbissenen Selbstquäler, einen verqueren Puschen- und Prinzipienträger, was Hegenberg alles noch mit rasselndem Atem ertrug, der nur ab und zu von einem Schluckauf unterbrochen wurde, aber als Santin schließlich etwas sehr viel Harmloseres, nämlich Quadratschädel, hinterherschickte, ließ Hegenberg, unter dessen linkem Auge die Haut zu zucken begann, blitzschnell die Decke fahren und packte ihn mit aller Kraft an der Brust. »Räum jetzt dein Zeug zusammen«, preßte er leise und pfeifend hervor, und als der von dieser Wendung erschrockene Santin ganz mechanisch gehorchte, glaubte er in Hegenbergs Gesicht etwas zu sehen, das ihn zutiefst befremdete. Es war das nicht ganz unterdrückte Gefühl einer grimmigen Befriedigung, die sich einstellt, wenn man einen anderen zu etwas gezwungen hat. – So jedenfalls standen die Dinge, als sie sich im Nieselregen einer Hütte näherten.

Sie war zu ihrer Linken errichtet, etwas erhöht auf sandigem Grund, und hinter ihr erstreckte sich eine Pflanzung von Kokos, Zitronen und Bambus. Ein Pfad schlängelte sich die Böschung hinauf. In der Nähe der Behausung, da, wo der Wald noch nicht gerodet war und hinunter bis an den Fluß reichte, sah man verkohlte Baumstümpfe. Unten, an einem kleinen Strand, lagen mehrere Kanus, was auf Besuch aus der Nachbarschaft deutete, denn kaum eine Caboclofamilie nannte mehr als ein Boot ihr eigen. Keine Menschenseele ließ sich blicken. Wahrscheinlich waren Bewohner und Besucher im Haus, was leicht mit dem schlechten Wetter zu erklären war, und tatsächlich sah Santin nach einer Weile, wie sich hin und wieder in den dunklen Fensteröffnungen der Hütte etwas bewegte. Ein Hund bellte. Sonst war es still. Sie wollten schon an der Behausung vorbeifahren, da ließ sich Hegenberg vernehmen, der gerade wieder rumorte und den Boden des Kanus abtastete:

»Olha, Osmarino, ainda tem limão? Se tiver … Não tem limão não?«

Der Motorista schüttelte den Kopf.

»Pois é, acabou na madrugada.«, sagte er.

»Und wie steht es mit dir, Santin, hast du noch welche?«

»Hast du doch gehört. Nein.« Er konnte es sich nicht versagen, noch hinzuzufügen: »Da mußt du dich wohl selbst bequemen. Falls du die Güte hast, dich zu erinnern: Ich habe das letzte Mal welche besorgt.«

Noch immer war es merkwürdig ruhig, als sie anlegten. Keine Kinder, die ihnen entgegentollten, keine Erwachsenen, die ihnen winkten und sie in die Hütte dort oben einluden. Hegenberg sprang an

Land. Aber kaum hatte er den Pfad betreten, den Blick zum Haus gerichtet, da bemerkte Santin etwas, worüber er sich wunderte: Er sah, wie der andere innehielt und sich in die Magengegend faßte, wie er erstarrte und sich krümmte und über seinen Bauch strich – so, als sei ihm plötzlich und aus unerfindlichen Gründen schlecht geworden.

Santin lehnte sich zurück. Er zündete sich eine Zigarette an und beobachtete Hegenberg, der weiter den Pfad entlang ging, die Zitronen zu besorgen; er sah der vertrauten Gestalt nach, wie sie sich immer weiter von ihm entfernte. Und wie er Hegenberg so mit den Augen folgte, stellte er fest, daß er ungeheuer traurig wurde, von einem jähen Gefühl gepackt, das er gleich wieder abschütteln wollte, aber es speiste sich aus gewaltigen, verborgenen Reservoirs, und es drängte und quälte beständig mehr. Er hatte keine Ahnung, wie er es dämmen und beherrschen sollte, das kannte er nicht, das hatte er nie getan: Er hatte sich niemals Einhalt geboten – also gab er sich hin, auch wenn es ihn diesmal schmerzte und immer betrübter machte; er verströmte sich im geliebten Moment, rudernd, ertrinkend, mit unerforschten Sinnen sein Scheitern empfindend, bis ihn fast nichts als Traurigkeit erfüllte; eine unmittelbare und wesenshafte, eine ursprüngliche Traurigkeit war das, die bloß noch aus sich selbst schöpfte und ihn vollends zu fluten drohte.

»Vamos embora!«

Hegenberg rief es ihnen schon von weitem zu. Er hatte keine Zitronen dabei, das bemerkte Santin sofort, und er sah den anderen sich beeilen, zurück zum Boot zu kommen. Sein Gesicht war ernst. Er kam Santin etwas bleicher vor als gewöhnlich, aber das konnte auch an dem fahlen Licht liegen, das sie umgab. Osmarino warf den Motor an, Hegenberg sprang in das Kanu und stieß sie mit dem Holzpaddel vom Ufer ab; er setzte sich schließlich zu Santin und schwieg. Ab und zu fischte er ein Blatt aus dem Wasser und zerriß es. Osmarino stellte keine Fragen, und auch Santin sah zunächst davon ab. Das Boot glitt schnell den Fluß hinunter. So fuhren sie eine Weile schweigend dahin, bis Santin seine Ungeduld nicht länger zügeln konnte.

»Ja, aber was ist denn los?«, brach es endlich aus ihm hervor. »Wo sind die Zitronen? Warum so schnell?«

Hegenberg schrak auf. Er mußte sich für einen Augenblick besinnen, ob die Frage wirklich ihm galt, und dann schaute er Santin in die Augen.

»Ich habe gar nicht nach Zitronen gefragt.«

»Was, du hast nicht gefragt?« Santin war seltsam aufgeregt und beunruhigt, als er den anderen so einsilbig fand. »Aber was ist geschehen? So sag es mir doch! Was hat dir die Sprache verschlagen?«

»Es ist tot«, sagte Hegenberg.

Santin verstand nicht.

»*Was* ist tot«, fragte er, »was meinst du denn bloß?«

»Es ist tot«, wiederholte Hegenberg. Er starrte Santin an. »Es ist wohl am frühen Morgen gestorben. Die Augen waren noch offen. Man hat sie ihm nicht geschlossen, auf Wunsch der Mutter, denn sie sahen noch so lebendig aus, so blank und schön und dunkel … Das Fieber hat es getötet«, schloß er. Dann öffnete er kurz noch einmal den Mund, als wolle er etwas hinzufügen, aber dann besann er sich eines anderen. Santin war es nicht entgangen.

»Um Himmels willen, Wilmar, das ist doch nicht alles, nicht wahr? Sag es mir! Sprich weiter! Du machst einem ganz angst!« So bat er ihn eindringlich.

Hegenberg strich sich langsam übers Gesicht, über die Augen. Er rückte seinen Hut zurecht, damit ihm von oben kein Getier in den Nacken fallen konnte, denn Osmarino steuerte jetzt auf ein überflutetes Waldstück zu, einer starken Strömung folgend. Das Wasser suchte hier den geraden Weg und schnitt die Voltas ab; es raste bedeutend schneller dahin, und mit ihm das Boot, der Abkürzung durch den Wald entgegen. Hegenberg sammelte sich. Er blickte Santin mit einer Direktheit in die Augen, die diesem unheimlich war.

»Ein Fieber war dort oben ausgebrochen«, fuhr

er schließlich fort. »Wie es scheint, hat es ein Kind nach dem anderen dahingerafft, bis hin zum letzten, zum kleinsten … Nachbarn waren unter den Trauernden, Verwandte. Sie drängten sich um das aufgebahrte Kind. Die Mutter schaute nicht einmal auf, als ich die Hütte betrat. Sie saß neben dem kleinen, ausgezehrten Körper und streichelte unablässig das Köpfchen. Sie war …« Für einen Moment zögerte er. »Eine kleine Frau war sie und jung, doch trotz ihres Alters hatte sie eine ganz trockene, fleckige Haut. Ihr Gesicht war verzerrt, die Wangen von Tränen verschmiert, und aus ihrer Brust drangen manchmal Laute, wie ich sie noch nie gehört habe, ein hohles Pfeifen und Ächzen, als wolle sie ihre Seele herauswürgen und ihr Kind begleiten, selbst im Tod … Sie wurde gestützt von denen, die von ihrer Familie übrig waren; man nahm mich kaum wahr. Nur eine alte Frau faßte mich am Arm und murmelte einige Worte … – Sie strichen der Mutter über den Rücken. Sie hatte sich über das Kleine gebeugt … Erst wenige Wochen alt muß es gewesen sein. Es lag dort aufgebahrt, im weißen Täuflingskleid, und man hatte ihm einen Kranz von weißen Blumen aufgesetzt. Ein kleines, reines Ding war es. Es hatte struppiges Haar und große schwarze Augen.«

Er unterbrach seinen Bericht, und Santin sah, wie Hegenberg eindringlich sein Gesicht musterte, bevor er weitersprach. Sie eilten durch den Wald in schneller Fahrt, aber das Boot schlingerte nicht ein einziges Mal. Osmarino verstand sein Geschäft. Geschickt manövrierte er um Inseln von Gestrüpp herum. Schon sah man die Bäume sich lichten, da, wo der Furo im Fluß endete, der gleich um die nächste Schleife strömte...

»Ich hätte mich sofort umdrehen und gehen sollen. Dann hätte ich nicht –...«

Santin war die Farbe aus den Wangen gewichen.

»Wilmar, was hast du gesehen?« Er hatte sich weit nach vorn gebeugt, so daß ihre Gesichter ganz nah beieinander waren. »Was war es?«, flüsterte er.

»Ich wendete mich gerade ab und verließ die Trauernden, da fiel mein Blick auf die Wand neben der Tür. Bunte Zeitschriftenausschnitte hingen dort, einige verblaßt, manche auch verkehrt herum angenagelt, Werbung für Autos und Bier, aus uralten Revuen, und mitten darin ein neuer, viel größerer Schatz, um den man die lausigen, zerfledderten Bilder herum gruppiert hatte. Wie ein Bild der Jungfrau hing es da, wie die ›Liebe Frau‹ mit dem Menschenkind auf dem Arm, und es wirkte wie ein normales Foto, nur –«

»Nur?« Santin keuchte.

»Nur daß ihr – «

»*Was*!«

Santin schrie bloß dieses eine, dieses unermeßlich gedehnte Wort. In seinen Klang mischte sich das

Sprudeln und Rauschen der Stromschnelle, als die mächtigen und entfesselten Wasser, die sie trugen, sie an der Innenseite der nächsten Flußschleife in die Gegenströmung schleuderten.

Das Boot bäumte sich auf. Wasser schoß über die Bordwand. Hegenberg griff nach einem Gebüsch, das aus dem Wasser ragte – vergeblich. Die Strömung wirbelte das aus dem Ruder geratene Boot weiter, auf einen Baumstamm zu, der halb im Weg lag. Seitwärts brach noch mehr Wasser herein. Osmarino hatte sich in den schäumenden Fluß geworfen und nach dem Seil gegriffen, um das absackende Boot zu halten, und nicht lange dauerte es, da war Hegenberg ihm zur Seite. Die Strömung riß sie bis vor den Baumstamm, und dort gelang es ihnen wie durch ein Wunder, Fuß zu fassen. Vorsichtig zogen sie das Boot gegen das Hindernis, während Santin, der sich drinnen festgeklammert hatte, mit seinem Gewicht die Neigung des Kanus ausgleichen sollte. Schon merkten sie, wie sie allmählich die Kontrolle erlangten, aber das Boot schlug gegen eine Wurzel und verkantete, es stellte sich auf, und ein weiterer Schwall Wasser geriet hinein. Der Aufprall hatte Santin nach hinten geschleudert. Halb hing er über der Bordwand. Er versuchte, sich trotz der Schräglage im Boot zu halten. Seine Arme schmerzten, seine Kräfte erlahmten, und es zog ihn hinaus aus dem Kanu.

»Nein, Georg, nein! Bleib im Boot!«

Und ja, für einen Moment war Santin erstaunt, denn er bemerkte die sonderbare Verzweiflung in Hegenburgs Stimme.

Er schrie auf. Kaum daß er den schlammigen Flußgrund berührt hatte, spürte er ein Ding, das darin eingegraben war, und es bohrte sich kurz und mühelos in seinen linken Fuß. Mit einem Satz rettete er sich auf den Baumstamm. Eine kleine Wunde sah er an seinem Bein, mehr nicht. Ein einziger, ein harmloser Tropfen Blut war ausgetreten. So ähnlich hatte es ausgesehen, als Santin, damals ein Kind noch, an einem Sommertag in einen Nagel getreten war. Die Ferse war etwas blutig gewesen und der jähe, stechende Schmerz schnell einem drückenden und dumpf-erträglichen Pochen gewichen, das Santin von einem angenehmen Sinnesdämmer begleitet fand. Und mit dem natürlichen Abklingen des Schmerzes hatte sich nicht nur der in Aufruhr geratene Körper besänftigt. Santin hatte auch jene Erleichterung verspürt, die einen überkommt, wenn eine Erfahrung mit den uralten, gespeicherten Mustern übereinstimmt, nach denen der Verstand sich richtet – wie jenes, daß bestimmte Ursachen berechenbare Wirkungen zeitigen; daß Schmerz immer nachläßt, so groß er auch sein mochte. Auf dieses Gesetz war stets Verlaß gewesen. Die Kraft, den Schmerz zu ertragen, kam aus dem Wissen, daß er endlich war. Nur so paßte er ins Weltgefüge. Nur so bekam er einen Sinn.

»Foi uma arraia, foi uma arraia!«

Santin hörte deutlich Osmarinos aufgeregte Stimme, aber sie rief aus einer Welt, von der er sich mehr und mehr abgeschnitten fühlte, und er kannte *das eine Wort* nicht, er verstand nicht, was passiert war, auf was war er getreten? Er stierte auf die kleine, sonderbare Verletzung, die der früheren so ähnlich sah.

Von dieser winzigen Stelle aber gingen Schmerzen aus, die den Überraschten staunen und erbeben ließen, denn wider alle Erfahrung wuchsen sie und ergriffen den Körper in immer größeren Wellen. Statt nachzulassen, wurden sie stärker. Sie vervielfältigten und mehrten sich, sie drangen bis in kleinste Winkel vor. Der Schmerz schwemmte Bilder an, die mit plötzlich entfesselter Brutalität das Denken und mit ihm jede rationale Ordnung vernichteten, jede Verankerung im Zeitlichen und jedes Verstehen. Nur ein sinnentleertes Stammeln brach sich nunmehr in Santins Kopf. Er wurde in die Eigenzeit des Schmerzes getrieben, die nichts anderes als pure, losgelöste Gegenwart war, ewig, hoffnungszermalmend und unendlich; sie fand ihren Ausdruck in den seltsamen und beängstigenden, von allen Gesetzmäßigkeiten entbundenen und höchstens instinktiv verstehbaren Bildern, deren einziges gemeinsame Merkmal ihre

Klarheit war. Etwas Fremdes hatte von Santin Besitz ergriffen, eine Kraft, die ihn nur noch erleben ließ. Bei alldem blieb er hellwach. Alles Dämpfende war abgestriffen, weder Dämmer noch Ohnmacht erlösten ihn. Mit reinen, scharfen Sinnen erlebte er auch die kleinste Abstufung des nie gekannten, tief wesensverändernden Schmerzes, und erträglich war dieser Schmerz höchstens für Momente, wenn Santin sich mit dem einzigen wehrte, das ihm verblieben war: Wenn er der zerstörerischen Kraft seine Schreie entgegenschleuderte. Er schrie an gegen das Gift, das sein Inneres verwüstete, ein Gift, das ihm die Ohnmacht verweigerte, ein Gift, das ihn begreifen ließ, daß Schmerz keine Grenze hat. Und wenn es etwas gab, das Santin vor dem Wahnsinn rettete, so war es ein letzter Gedanke, der in ihm aufbegehrte: Es war das Wissen, daß ihm all dies niemand angetan hatte.

»Hier, beiß hier hinein.«

Sie schaukelten unterhalb der Stromschnellen in ruhigeren Gewässern. Osmarino war es gelungen, das Kanu zu sichern; er hatte es um das Hindernis geleitet, und Hegenberg hob den Verletzten an Bord. Er setzte sich so, daß er den Motorista im Blick hatte, damit sie sich schneller verständigen und ihr Handeln abstimmen konnten. Bei jeder Bewegung entfuhr Santin ein tierisches Heulen. Er war nicht ansprechbar. Hegenberg versuchte mehrmals herauszubekommen, wie es um ihn stand, aber statt einer

Antwort krallte sich Santin nur fest und brüllte. Wenn ihm die Luft ausging, schnappte er nach allem, was in seiner Nähe war. Hegenberg hatte Santins rechte Hand, die blutig gebissen war, zwischen den Beinen geborgen und bot ihm dafür seine, aber Santin schlug die Zähne in die andere Hand, verzweifelt bemüht, den Schmerz mit Schmerzen auszulöschen. Osmarino griff nach der Machete. Santin warf sich herum, weil er in seinem Wahn meinte, man werde ihm den Fuß amputieren, aber der Motorista hackte nur ein Stück Liane ab und träufelte ein wenig der an den Enden austretenden Flüssigkeit auf die Wunde. Der Fuß war mittlerweile so angeschwollen, daß die Konturen der Knöchel weder an der Innenseite noch außen zu erkennen waren. Speichel rann aus Santins Mundwinkel, und vorn an der Hose hatte sich ein feuchter Fleck ausgebreitet.

Hegenberg zitterte. Er hatte bei Santins erstem Schrei einen Schatten gesehen, so dicht unter der Wasseroberfläche, daß er gerade noch eine Form erkennen konnte; es war ein runder, davonhuschender, zugleich ruhig schwebender Schemen. Hegenberg wußte jetzt dessen Namen, aber er bezeichnete ihm nichts; es war ein Wissen, aber es war nichts wert: Er hatte keine Ahnung, woran sie waren.

»Osmarino, pelo amor de Deus«, sagte er. »Was wird mit ihm?« Es schien unmöglich, Santin auch nur kurze Zeit weiter zu transportieren.

Der andere machte mit der rechten Hand eine Bewegung an die Lippen, so geschwind, daß Hegenberg für einen Moment zweifelte, ob er sich den Wink nicht eingebildet hatte. Zu Santin gewendet sprach der Motorista:

»Fique tranqüilo, meu irmão, e não se preocupe.«

Der Verletzte wimmerte.

»Ist es … – Wird er davon … –«

Hegenberg war irritiert und brach ab. Schon wieder glaubte er eine Geste des Motoristas bemerkt zu haben, die ihn schweigen hieß. Vor allem gelte es, sagte Osmarino daraufhin mit lauter Stimme, schnell zurück nach Cruzeiro do Sul zu kommen; dort gebe es jemanden, der sich besser als jeder andere auf solche Verletzungen verstehe, so daß man sich keine Sorgen zu machen brauche. Zudem könne er Hegenberg versichern, daß Santin noch Glück gehabt habe, denn dieser sei nur auf ein kleines Tier getreten. Die größeren seien durchaus fähig, mit ihrem Stachel den Boden eines Bootes zu durchstoßen … – Osmarino endete abrupt, und davon aufgestört, hob Hegenberg, der sich gerade über Santin gebeugt hatte, den Kopf. Er sah den Motorista von seinem Platz am Heck aus mit beiden Armen kräftig winken. Auch er drehte sich um. Und tatsächlich: Von ferne steuerte ein Kanu auf sie zu. Aber nicht nur das war es, was ihm für einen Moment den Atem verschlug.

Vor ihnen öffnete sich der Wald. Ein toter Arm des Flusses staute das Wasser in die Niederung zurück, so daß sich vor langen Zeiten ein See gebildet hatte. Schon auf der Hinfahrt waren sie hier hindurchgekommen, aber da hatte man kaum etwas erkennen können, denn es hatte bereits gedunkelt; und nur weil sich die Motorengeräusche in der offenen Landschaft anders anhörten als im Wald, der sonst vom Ufer aus den Hall auf die Reisenden zurückwarf, hatten sie auf eine veränderte Umgebung geschlossen.

Es war eine paradiesische, verzauberte Landschaft, die sich vor ihnen ausbreitete, voll von vorzeitlicher Ruhe. Die Abendsonne ließ das Wasser leuchten; in der glatten Fläche des Sees spiegelte sich der Himmel mit locker gehäuften Wolken, die bis in höchste Luftschichten quollen, nur durchbrochen war sein Abbild von vielen kleinen Inseln, die sich inmitten des Blinkens und Glitzerns erhoben. Auf ihnen umschlangen sich Gewächse aller Schattierungen von Grün, auch wuchsen dort, umrankt und umrahmt, weißblühende, luftig ausgreifende Sträucher und mittendrin Bäume, die statt Blättern rosa Blüten trugen; langhalsige, weißgefiederte Vögel erhoben sich mit trägem Flügelschlag und strichen um die Wipfel. An manchen Stellen wogten Gräser im Wasser, lebendige Schatten zu Füßen schwarzer und bizarr ausgedörrter Bäume, die sich wie Totenhände nach oben krümmten; anderswo säumten Strände das Ufer, überhangen von schwülen Düften, die an Jasmin und Orangen erinnerten. Und nichts gab es, das sich hier als gegensätzlich mied; alles existierte unbekümmert nebeneinander her: Sandbänke, sonnenbeschienen und freundlich, erstreckten sich zu Seiten blasenwerfender Sümpfe, aus denen es übel roch; Blüten trieben zart und üppig aus Dornengestrüpp oder faulenden Strünken, und Wasservögel stelzten ohne Angst vor den Mäulern träger, lauernder Echsen – kurz, es bot sich Hegenberg eine Welt zähnefletschender Unschuld, und um so verblüffter war er, daß sie hier nun auf einen Fischer trafen.

Hilfsbereit war er und drahtig, obgleich nicht mehr jung, und als er nach seinem Namen gefragt wurde, stellte er sich als »der Chico« vor. Er geleitete sie zu einer Hütte am Rand des Sees, wo er mit seiner Familie wohnte. Eine Horde Kinder rannte ihnen entgegen; zwei oder drei, die erwachsen waren, folgten ihnen gemäßigten Schrittes. Voller Scheu und mit einer Art von Andacht hielten sie Abstand von Santin, dessen nur für Augenblicke abebbendes Heulen sie schon von weitem, als die Boote sich der Hütte näherten, den Grund seiner Verletzung ahnen ließ. Vor dem Haus bettete man ihn auf eine Holzbank, da die Prozedur, zu der Osmarino und der Chico nun dringend rieten, nachdem sie die Wunde genauer besehen und mit unbewegten Gesichtern geflüstert hatten, sich besser im Freien bewerkstelligen ließ. Die Kinder hielten sich abseits; einige saßen auf den Stufen, die zur Hütte führten, und machten nur ihrem Vater Platz, als dieser mit einem dampfenden Kessel herabstieg. – Er überbrühte die Wunde. Santin stieß einen fürchterlichen Schrei aus, bevor er ins Wimmern und Heulen zurückfiel. Das Bein zuckte und zappelte wie einer der Fische, die der Chico bei ihrer Ankunft in eine Tonne am Haus geleert hatte, und nachdem er sich mehrmals erbrochen hatte, trug man ihn nach drinnen.

Die Behausung war in zwei Räume aufgeteilt: eine finstere Küche zur Linken, in der die Hausfrau an einer offenen Feuerstelle aus Lehm und Ziegeln mit verrußten Kasserollen hantierte, und einen anderen, größeren Raum, den man als Aufenthaltsraum und Schlafquartier nutzte. Einige Hängematten hingen dort; die der übrigen Schläfer waren zusammengefaltet auf dem Rund eines Holzstumpfes abgelegt; auch eine Bank gab es hier und eine Kiste, über der an einem Nagel ein türkisfarbener Rosenkranz aus Plastik hing – eine Ecke des Kreuzes war abgebrochen, weil man seine spitz zulaufenden Enden manchmal zum Reinigen der Fingernägel verwendet hatte. Wirklich erstaunlich jedoch war ein Möbel, das, ordentlich mit Laken bedeckt, an der rückwärtigen Wand der Hütte stand; ein Möbel, das hier zu vermuten Hegenberg nie in den Sinn gekommen wäre. Es war ein Bett. Froh darüber, legten sie Santin vorsichtig hin.

Eine sternenhelle Nacht war hereingebrochen. Bei einem Feuer vor der Hütte saßen Hegenberg und Osmarino mit dem Chico und seiner Familie. Immer wieder hörte man Santin schreien und wimmern, und jedesmal schrak Hegenberg auf, aber die anderen beruhigten ihn; sie gaben zu bedenken, daß man im Moment nichts weiter für den Verletzten tun könne. Das Tier, das Tier aus dem Fluß ... Hegenberg wollte es genauer beschrieben wissen. Alles redete durcheinander, um ihm die beste und ausführlichste Beschreibung zu geben, und besonders die Kinder überboten sich in ihrem Eifer, dem Gast diesen Gefallen zu erweisen. Osmarino machte sich schließlich daran, mit einem Stöckchen plumpe Umrisse in den Sand zu malen. Schatten flackerten über das entstehende Bildnis, das – mochte es am Untergrund und auch an mangelnder Kunstfertigkeit des beflissenen Motoristas liegen – so erbärmlich und ungenau war, daß man seinen Gegenstand nur erkennen konnte, wenn man ihn ohnehin schon kannte, und Hegenberg war auch nicht klüger als zuvor.

»Viu, meu irmão?«, fragte Osmarino, nicht unzufrieden mit seinem Werk, das aus Krakeln und einem groben Strich bestand. Ein weiterer, furchterregend gezackter Strich ragte von diesem weg, der im Verhältnis zu den anderen Teilen übertrieben, ja obszön wirkte.

Hegenberg schüttelte den Kopf. Dennoch, für kurze Zeit meinte er, ein solches Gekrakel schon einmal gesehen zu haben, auf schmutzigen Blättern, die das Wasser längst aufgeweicht hatte. Alles lachte und schrie durcheinander, man machte Vorschläge, wie die Zeichnung zu verbessern sei, aber er hörte nicht hin, weil das Heulen wieder lauter geworden war und ihn zusammenzucken ließ, und während auf einmal mehrere Stöckchen gleichzeitig ansetzten, den Sand vollends zu zerwühlen, faßte der Chico, dem Hegenbergs Regung nicht entgangen war, ihn am Arm und sagte mit leiser, ruhiger Stimme:

»Meu irmão, am Morgen sehen wir ja, wie es um ihn steht. Glaub mir, er wird sich erholen, so ist es meistens, selbst wenn es vielleicht ein halbes Jahr dauert, bis er wieder gehen kann, und auch eines meiner Kinder ...«

»Ein halbes Jahr?«, unterbrach ihn Hegenberg.

Der Chico nickte. »So lange hat es zumindest gedauert, als eines meiner Kinder ... «

»Ist das wahr?«, rief Hegenberg, »welches von ihnen ist es, Chico?« Er forschte in den vom Feuerschein erhellten Gesichtern.

»Sie ist nicht hier. Sie hat bei Nachbarn zu tun.«

»Sie?«

»Violeta ist es, meine älteste Tochter. Wir erwarten sie in ein paar Tagen zurück.«

Schweigend schauten sie eine Weile in die Flammen. Hegenberg stocherte in der Glut herum. Er dachte nach.

»Und … wenn er sich *nicht* erholt?«

Der Chico schob einen Scheit tiefer ins Feuer. »Nur höchst selten geschieht es, daß jemand daran … Daß die Organe manchmal ein paar Tage nach dem Stich …«

»Was ist mit den Organen?«

»Sie faulen.«

Hegenberg nickte. Längst war ihm klar, daß von der rechtzeitigen Ankunft in Cruzeiro do Sul womöglich Santins Leben abhing. –

Am nächsten Tag erwachte er von Gemecker und rohem Röcheln. Der Ziegenbock, den die Familie besaß, war von irgend etwas aufgeschreckt, und binnen kürzester Zeit weckte er mit seinen heißatmigen, heiseren Lauten auch Hunde, Hühner, Schweine, Papageien und nicht zuletzt die Kinder. Der Krach war nur der letzte Höhepunkt einer furchtbaren Nacht, denn Santin schrie fast ununterbrochen, die Kinder fanden auch nach Mitternacht keine Ruhe und riefen nach der Mutter; quengelten, weinten, verlangten zu trinken. Eines hatte sich erbrochen. Die Mutter klopfte ihm auf den Rücken und sprach ihm zu; aus einer der Hängematten rieselte es in feinem Strahl auf den Boden. Hegenberg, längst überreizt und erschöpft, flüchtete sich nach draußen. Er setzte sich ans Feuer, das fast schon erloschen war, und blieb dort, bis es verglomm. Dann spazierte er hinunter zum Wasser und ließ sich im Kanu nieder. Tief sog er die Luft ein. Vielleicht waren es die schweren Düfte, die ihn für einen Moment verwirrten, oder der Mond, der sich im Wasser spiegelte, so daß es von innen heraus zu leuchten schien, denn es war ihm, als wäre er schon einmal hier gewesen, gestrandet des nachts auf dunklem Sand. Und in Erinnerung törichter Träume, im Gedenken an unerfülltes, zwiespältiges Wollen begab er sich wieder hinauf zur Hütte. – Bei seiner Rückkehr schlief alles, trotz der entsetzlichen Geräusche, die noch immer vom Bett drangen. Und endlich war auch Hegenberg in einen unruhigen Schlaf gesunken, als der Ziegenbock seine Empörung kundtat und an Ruhe nicht mehr zu denken war.

Nur hinten im Bett rührte sich nichts. Mit einem Satz war Hegenberg auf. Santins Augen waren geschlossen. Er hatte viel geschwitzt; seine Haare klebten am Kopf, und sein Gesicht war bleich. Gleichwohl schien es ihm besser zu gehen, daß er nicht mehr schrie und erschöpft ruhte. Seine Stirn war kühl; er fieberte nicht. Hegenberg war erleichtert von dieser Beobachtung und fing an, ihre Sachen zusammenzusuchen, als Osmarino und der Chico, die vor allen anderen aufgestanden waren, in die Hütte und zum Bett traten. Da öffnete Santin die Augen. Er maß sie mit teilnahmslosem Blick.

»Georg! Wie geht es dir!«

Santin murmelte etwas. Der Chico zog das Laken von Santins Körper. Er faßte vorsichtig Santins Bein, und gemeinsam begutachteten sie die Wunde. Nicht nur der Fuß: bis hoch zum Oberschenkel war das Gewebe aufgedunsen und die Haut darüber bläulich verfärbt. Ein unangenehmer Geruch stieg auf. In Nähe der Wunde war das Fleisch rot und roh vom siedenden Wasser. Mit weißlichen Rändern begann sich um die Einstichstelle herum die Haut zu lösen, und es war, als hätte sich entlang des Einstichs das Gewebe nach innen hin schwarz gefärbt; eine Spur, die man von außen in Wirklichkeit gar nicht sehen konnte, aber wie ein Abdruck davon schien ein schwarzvioletter Strich auf der Haut den Weg des Stachels nachzuzeichnen.

»Die Schmerzen, sind sie erträglich?«, fragte der Chico.

Santin schüttelte mit einer matten Bewegung den Kopf, worauf der Hausherr nach einem nochmaligen Blick auf die Wunde dazu riet, die Abreise für einige Stunden aufzuschieben.

»Gut«, entgegnete Hegenberg, obgleich er am liebsten sofort aufgebrochen wäre. »Dann fahren wir später, am Nachmittag.«

Zur vereinbarten Zeit begab er sich zu Santin. Dieser war wach und nickte dem Eintretenden zu. Er war froh, den anderen zu sehen. Hegenberg lächelte.

»Nun?«, fragte er. »Das sieht doch schon ganz anders aus! Sogar das Bein scheint ein wenig abgeschwollen zu sein, und wenn die Erfahrung nicht trügt, so meinte vorhin der Chico, könntest du nun die Fahrt zumindest aushalten …«

Santin erwiderte nichts. Er verzog das Gesicht.

Hegenberg kümmerte sich nicht darum. »Du kannst es bestimmt kaum erwarten, daß wir endlich hier wegkommen«, sagte er und wollte Santin gerade helfen, sich aufzurichten, als dieser mit dem Kopf eine heftige Bewegung machte.

»Nein!«

»Wie bitte?«

»Nein«, wiederholte Santin. Sein Gesicht hatte einen Ausdruck, wie ihn Antriebslosigkeit und Verdrossenheit, aber auch ein unterdrückter Schmerz erzeugen können. »Nein, wir können jetzt nicht fahren.«

»Was soll das heißen!« Hegenberg musterte die Miene des anderen. Und nach allem, was auf der Reise vorgefallen war, sah er auf einmal mehr darin als nur Leiden; er sah Santins Mundwinkel, die sich nach unten verzogen und ihn an Momente erinnerten, die Hegenberg am liebsten vergessen hätte; er sah die Züge des anderen nicht von Pein, sondern vor allem von Unwillen verzerrt, und in den müden Augen des Verletzten glaubte er eine störrische Beharrungswut zu entdecken. In Hegenberg nährte sich ein Verdacht, und mit dem Verdacht ein Ärger, den er kaum noch unterdrücken konnte. – »Warum denn nicht?« Hegenbergs Stimme war leise, gepreßt.

Santin ließ sich mit der Antwort Zeit. Es lag an starken Krämpfen in seinem Unterleib, die einige Minuten zuvor eingesetzt hatten. »Ich fühle mich nicht danach«, sagte Santin unter Keuchen. »Ich kann unmöglich reisen.«

»Nur weil du dich nicht danach *fühlst*?«

Santin schwieg und legte die Hände auf seinen Leib.

Hegenberg winkte ab. Wem er glaubte, war der Chico, aber entscheiden mußte allein Santin. Die Wunde sah eindeutig besser aus als noch am Morgen, und ja, natürlich litt Santin Schmerzen, das war keine Frage, und wie ein gesundes Bein wirkte das seine keineswegs. Aber hieß das auch, daß man ihm nichts zumuten konnte; hatte man überhaupt eine Wahl? Man müßte doch jedes Risiko ausschließen, der möglichen Tücke des Giftes zuvorkommen; man müßte doch jetzt, sofort, in aller Eile aufbrechen und jede Minute nutzen. Das war das wichtige, und nicht, sich Bequemlichkeit, Wehleidigkeit und launenhaftem Selbstmitleid zu überlassen. Verstand dieser Mensch das nicht?

»Komm jetzt«, sagte Hegenberg, und vielleicht sagte er es eine Spur zu unwirsch, »so schlimm kann es nicht sein.«

Santin ließ die Augen geschlossen. Er horchte nach innen. Der Schmerz saß rechts in den Eingeweiden.

»Glaubst du, mir macht das Spaß?«

Ja, rechts war es, rechts unten.

»Santin, hörst du mir überhaupt zu? Du *mußt*!«

Der andere schlug die Augen auf. Er schaffte es sogar, ein wenig die Augenbraue hochzuziehen. Er dachte nicht nach. Es war ein Reflex. Etwas in Santin hörte nur den Befehl.

»Ich muß überhaupt nichts«, sagte er.

Hegenberg lachte verärgert auf. Er war erschöpft und gereizt, hatte kaum geschlafen in der Nacht; hatte trotz schmerzender Glieder in der Mittagshitze das Boot gesäubert und gemeinsam mit Osmarino reisefertig gemacht, statt sich ein wenig auszuruhen – und nun sollte er in alter Manier mit sich umspringen lassen? Er starrte auf den anderen. Verachtung war in seinem Blick und noch etwas anderes. Und unversehens lösten sich Worte.

»Nun, Santin, wie steht es eigentlich mit deinem Kratzen im Hals, hat sich *das* denn wenigstens gebessert?«

Er bereute es augenblicklich.

Santin war ganz still. Seine Miene hatte sich verschlossen, und er wandte das Gesicht ab. Hegenbergs Wangen brannten, aber er wollte sich vor dem anderen keine Blöße mehr geben.

»Mach doch, was du willst«, stieß er hervor. Und mit jagendem Atem lief er nach draußen. – Lange lag Santin reglos. Manchmal war ihm, als müsse er nach Hilfe schreien, und es war noch nicht einmal wegen der Schmerzen.

In seinem Unterleib wühlte es stärker und stärker. Auch das Bein war von Schmerz durchzuckt. Nur kam er wie in Stromstößen, überraschend, mit sinnesraubender Intensität, und er war heftiger, als der Verletzte es sich hätte anmerken lassen. Er kämpfte dagegen an, erst widerwillig, dann mit allen Kräften; er versuchte, sich nicht hinzugeben – und auf einmal begriff er, daß der Schmerz sein Verbündeter war. Er rüttelte ihn wach.

V.

Allmählich ließ die Hitze nach. Die Sonne verabschiedete sich aus den flimmernden Höhen, von denen aus sie den Tag regiert hatte, und strebte dem Horizont entgegen. Hegenberg saß am Ufer des Sees, der in Wirklichkeit ein Fluß war, und wartete auf das Schauspiel ihres Verschwindens, das sich schon in den ersten zarten Farbrändern einiger Wolken ankündigte. Wie lange er schon hier saß? Drei oder vier Stunden mochte es her sein, daß er aus der Hütte gelaufen war, mit enger Brust, erfüllt von einem Gefühl, das ihn abwechselnd frieren und glühen ließ. Die Bewegung machte ihn ruhiger, und wenn er sich anfangs noch jeden weiteren Gedanken an Santin verboten hatte, so kam die Ruhe nun von allein. Hinunter zum Wasser war er gelaufen, die Strände entlang. Er fand einen schattigen Platz, der ihm gefiel, um ein wenig mit sich selbst allein zu sein, und als er gemerkt hatte, daß man von hier aus gut die Sonne beobachten konnte, wenn sie im Wasser verging, war er einfach dageblieben. Sie stand schon so tief, daß sie den Schatten zurückdrängte; noch aber gleißte sie, und Hegenberg hatte die Augen geschlossen und genoß die Wärme auf seinem Gesicht. Die Beine hatte er angewinkelt und seine Arme darum geschlungen. Er dachte – nicht viel. Ganz dem Moment war er ergeben, den der scheidende Tag ihm schenkte, als sich ein Schatten vor die Sonne schob.

»E aí, tudo bom?«

Was für eine Stimme! Erschrocken blickte Hegenberg auf. Es war ein Mädchen. Er hatte keine Ahnung, woher es so unversehens gekommen war. Das Gesicht konnte er nicht genau erkennen, weil die Sonne im Rücken dieses Wesens stand, das ihn in seiner Einsamkeit behelligte – doch was er sah, paßte keineswegs zu der lauten und äußerst robusten, zudem etwas heiseren Stimme, die ihn aufgestört hatte und ihn im ersten Moment an ein mächtiges und starkknochig-fleischiges, ihn mindestens um einen Kopf überragendes Weib denken ließ. Stattdessen erfaßte sein Blick die Konturen einer zarten Gestalt; ein Körper war es, in dem man ein Stimmchen vermutete, und für einen Augenblick glaubte Hegenberg, sich verhört zu haben.

»Bist du taub?«

Das imposante Organ gehörte tatsächlich zu der schmalen Person, und sie machte einen Gebrauch davon, der nicht gerade von Befangenheit zeugte. Hegenberg beschirmte die Augen, um das Mädchen genauer zu betrachten, und was er sah, verschlug ihm die Sprache, denn da waren außerordentlich auffällige … Und ganz ungewöhnlich hübsche … Ja, und die wirklich unübersehbaren … Er holte tief Luft.

Sie musterte ihn nicht unfreundlich. Einen roten Rock trug sie; ferner ein verwaschenes T-Shirt, das so eng war, daß Hegenberg in seiner Verwirrung glaubte, es müsse wohl durch ein Mißgeschick eingelaufen sein. »Sehr gesprächig bist du nicht«, sagte sie in einer Lautstärke, die einen erzittern ließ, »obwohl du immerhin den Mund recht lange auf läßt.«

»Oh«, entfuhr es Hegenberg. »Entschuldige!«

Noch immer stand sie mit dem Rücken zur Sonne, während er vor ihr auf dem Boden saß. Was starrte sie ihn so an? Was wollte sie von ihm? Nimm dich zusammen, ermahnte er sich, es ist nur ein Mädchen, und dies ist schließlich kein Verhör.

»Wo kommst du her?«, fragte sie streng.

»Wieso ich?«, wagte er aufzubegehren, aber seine Stimme war wohl etwas leise. »Bin ich hier etwa derjenige, der so mir nichts, dir nichts aufgetaucht ist?«

»Wen interessiert das!«, versetzte sie. »Und vor allem habe ich dich zuerst gefragt.« Und dabei schob sie ihre Brauen zusammen, so daß sich über ihrer Nasenwurzel zwei kleine Falten bildeten.

»Schon gut, schon gut«, beschwichtigte er. Warum aber wich sie aus, wenn man sich nach ihr erkundigte, und warum musterte sie ihn so eindringlich? Für einen Moment kam es ihm so vor, daß ihre

Strenge etwas verheimlichte; Neugier vielleicht und womöglich noch etwas anderes, das ihm, sobald er darüber nachdachte, angst machte und ihn zugleich fein erschauern ließ; etwas, das neu war und ihm dennoch vertraut vorkam. War sie ihm schon einmal begegnet? Im selben Augenblick noch verwarf er den Gedanken. Nein, eine solche Stimme, dachte er, und es war ein wenig Bewunderung dabei – an die hätte man sich erinnern müssen, und galt das nicht auch für die außerordentlich auffälligen – ...? Hegenberg riß sich zusammen. Dennoch, ein leises Mißtrauen blieb in ihm wach, und er beschloß, wachsam zu sein.

»Nun?« Jetzt lächelte sie ein wenig.

»Ich bin zu Gast in der Hütte des Chico«, wich er aus, »falls es das ist, was du wissen willst. Und ich hätte – ...«

Er bemerkte nicht, daß bei der Erwähnung des Namens ein Zucken über ihr Gesicht ging; sein Blick war seitlich an ihr vorbei auf ein einfaches Kanu mit Holzpaddel gefallen, das weiter oben am Strand hinter einem Holzstrunk hervorlugte. »Ach«, sagte er, mit jener gedehnten Aussprache, die ein gedankenverlorenes Begreifen zu erkennen gibt. »Sag, ist das dein Kanu? Wohnst du hier in der Nähe?«

»Oh, lenk bloß nicht ab!«, rief sie. »Erklär mir lieber, was du hier so allein machst. Oder ist noch jemand bei dir? Der ... Chico vielleicht?«

Sie wartete die Antwort gar nicht ab. Ehe er es sich versehen hatte, ließ sie sich einfach neben ihm im Sand nieder und streckte die Beine aus. Die Schlappen streifte sie ab, geradewegs im seichten Wasser, wo ihre Füße nun im Kühlen ruhten, und ihre Zehen spielten mit den Wellen. – So saßen sie eine Weile. Hegenberg wagte nicht, sich zu rühren. Er starrte geradeaus. Doch seine Gedanken und Gefühle schienen ein Gewicht zu haben; es war, als sammelten sie sich in der ihr zugewandten Körperhälfte, denn diese kam ihm auf einmal unerklärlich schwer vor; dort verdichteten sie sich, während es sich andernorts in seinem Innern licht und leer anfühlte, und er merkte, wie er die Balance verlor, wie ihn das seltsame Gewicht zur Seite zog – zu ihr. Was mußte sie sich auch so dicht neben ihn setzen, wo doch am ganzen Strand Platz war?

»Was ist? Du antwortest gar nicht!«, sagte sie. Hegenberg zuckte zusammen, als ihre Stimme so nah an seinem Ohr erscholl. Trotzdem, er war froh darüber, daß sie weiterredete. Ihm war unwohl, wenn sie schwieg und trotzdem viel zu eng bei ihm saß, daß er meinte, bei jedem Atmen, jeder Ausdehnung seines Brustkorbes würde er sie unweigerlich berühren.

»Ich bin allein hier«, antwortete er. »Mir war, als müsse ich durchatmen und ein wenig nachdenken.«

»Durchatmen! Nachdenken!« Ein volles Lachen

ertönte, und mit Entsetzen stellte Hegenberg kurz darauf fest, daß er die Wärme einer anderen, einer fremden Haut spürte, denn der Arm des Mädchens war bei einer Bewegung an den seinen geraten.

»Paß doch auf!«, hörte er die lachende Stimme neben sich. Aber nicht lange dauerte es, da fühlte er es wieder. Und er begann, an der Zufälligkeit der Berührung zu zweifeln, obwohl es, genaugenommen, nicht einmal eine war – nur die Härchen an ihren Armen waren es, die sich sacht streiften. Wieder lachte sie, er starrte geradeaus. Es roch herrlich. Ihr Lachen war ihm unheimlich. Er mußte sich etwas einfallen lassen.

»Sag, ist das eigentlich … Jasmin, was hier so duftet?«

Sie antwortete nicht. Panik griff nach seinen Sinnen.

»Ja, kennt man das? Wächst das hier überhaupt?«

Warum lachte sie bloß, warum half sie ihm nicht, warum kitzelte sie ihn mit ihren kleinen, goldenen Härchen? Warum tat sie nichts gegen die offensichtlich ungesunden Schauer, die seinen Rücken hinunterrasten? Und warum sagte sie nicht endlich etwas, ein Erlösungswort, ein Machtwort, ein Abschiedswort, irgendein Wort?

»Marapuama«, sagte sie.

»Wie?« Er war nun vollends verstört. »Was meinst du?«

»Wolltest du das nicht gerade wissen?«, fragte sie verwundert zurück. »Ein Strauch ist das.«

»Ein ...«

Sie seufzte. Und dann sagte sie noch etwas:

»Sind deine beiden Begleiter eigentlich genauso einfältig wie du?«

Also doch! Die Verblüffung lähmte Hegenberg nicht lange. Er packte sie am Arm, erfüllt von Ärger darüber, daß er sich hatte an der Nase herumführen und einschüchtern lassen; daß er die Schwere in seiner rechten Körperhälfte verspürte, die ihn aus dem Gleichgewicht brachte und auch mit allem Willen nicht ins Lot zu bringen war – er ärgerte sich über sich selbst. »Sag, woher weißt du denn, wieviel ›Begleiter‹ ich habe; wo hast du uns gesehen? Heraus mit der Sprache! Was hast du hier zu suchen?«

Sie versuchte, ihn abzuschütteln, aber er schloß seinen Griff nur fester. »Ich bin zufällig hier«, fuhr sie ihn an, »ich war auf dem Weg nach Hause ... Laß mich auf der Stelle los!«

»Sag mir erst, was du hier willst!«

»Bist du taub? Wenn du mich nicht sofort ...«

Es machte sie wütend, daß er sie festhielt, sie zerrte und zappelte mit aller Kraft, und endlich gelang es ihr, sich loszureißen. Sie sprang auf. Die kleinen Knöchel an ihren Handgelenken schimmerten hell. Und wäre sein Griff nicht so grob und hartnäckig gewesen – vielleicht hätte sie sich beherrscht, gefesselt in Wirklichkeit vom Anblick seines muskulösen Körpers und der interessanten Brille, die sie längst von einer anderen Begegnung kannte.

»Dieb!«

Der Schrei traf Hegenberg wie aus wolkenlosem Himmel. Ohne sich zu rühren, stand er vor ihr, und auf seinen Wangen bildeten sich rote, unregelmäßige Flecken.

»Gib sofort das Foto wieder her!«

Sie schleuderte es ihm ins Gesicht. Hegenberg stierte sie an; das Blut klopfte in seinen Schläfen, und er verstrickte sich in immer neue, wirre Gedanken, ratlos, was nun zu tun sei. Er fühlte sich nicht imstande, ihr etwas zu entgegnen; Erklärungen verknäuelten sich in seinem Kopf, und wo begann der eine Faden, mit dem nur alles zu entwirren war?

»Das Foto?« Sein Atem rasselte. »Was für ein – …?«

»Gib es her!«

Sie wußte es! Sie wußte es! »Hör zu, ich …«

Sie wartete nicht weiter ab. »Du hast es beim Hinausgehen gestohlen, nicht wahr? Hast es mit deinem Rücken abgeschirmt und dann heimlich von der Wand gerissen – war es nicht so?«

Hegenberg schwieg.

»Sprich! War es nicht so?«

Er nahm die Brille von den Augen. Langsam strich er sich übers Gesicht. Und er versuchte nicht einmal mehr, leise zu sprechen. Nichts lenkte mehr von seiner Tat, nichts lenkte mehr von seinem Körper ab.

»Ja, so war es.«

»Also doch.« Auf einmal mischte sich etwas in ihren Grimm, das ihn aufhorchen ließ; eine seltsame, beschämende Enttäuschung. »Wie konntest du das tun?«, hörte er sie rufen, »wie konntest du einfach das Bildnis wegnehmen, das letzte, das einzige? Auch wenn es etwas unscharf …«

– ja, und auch etwas verschwommen war, dachte Hegenberg, was, wie man zugeben muß, nicht unbedingt für den Fotografen spricht; und eine ungeheure Übelkeit stieg in ihm hoch, als er an die schimmernden, wenn auch ins Bläuliche verschobenen Farben dachte, an den überaus lieblichen und festlichen Schein, wie man ihn von anderen Fotos gar nicht kennt; er faßte sich an den Magen –

»… ha, ein schlechtes Gewissen, immerhin!«, hörte er da die robuste Stimme, »ganz übel wird dir da, wie recht dir das geschieht! – Als es auf einmal vermißt wurde, da hatte ich noch gehofft, du wärst es nicht gewesen, denn wie ich dich zum ersten Mal dort oben in der Tür erblickte …« Sie winkte ab. »Und alles nur, weil es dir gefiel, nicht wahr?«

Augenblicklich begriff Hegenberg seine Chance, und er ließ sie nicht verstreichen. Ja, es war nicht einmal gelogen. Er nickte.

Sie streckte die Hand aus. »Gib es her«, sagte sie.

»Das geht nicht.«

»Wie!?« Wieder bildeten sich zwei Falten zwischen ihren Brauen.

»Ich würde es dir gern geben, aber ich habe es nicht mehr.« Und noch während er es sagte, war ihm klar, daß sie ihm nicht glaubte. Da war sie auch schon an ihn herangetreten; flinke Hände tasteten seine Taschen ab, und auch als sie in Eifer und Hast und Enttäuschung an Stellen suchte, wo noch nie ein Foto versteckt worden war, wehrte er sich nur matt.

»Es ist irgendwo, aufgeweicht, und wahrscheinlich treibt es längst weit von hier im Wasser. Ich weiß es nicht, wo es ist, verstehst du? Der Fluß hat es weggeschwemmt.«

Sie ließ sich nicht beirren.

»So glaube mir doch! Das Boot ist verkantet und gekippt, und wir waren im Wasser, ich und der Bootsführer, und als mein Freund schließlich auch in den Fluß – ... Hörst du, was ich sage? Hörst du mir überhaupt zu?«

Und tatsächlich. Sie hob den Kopf.

»Er hatte einen Unfall«, sagte Hegenberg.

»Einen Unfall?«, wiederholte sie langsam, und ihre Finger hielten inne. »Was für einen Unfall?«

»Er ist ... auf etwas getreten.«

Es war, als ob sie es wußte. Ihre Hände sanken herab, und erschrocken starrte sie Hegenberg an, als dieser weitersprach, von ihren Blicken angetrieben: »... die ganze Nacht hat er geschrien, und noch am Abend zuvor, da hat man ihn festgehalten und ihm den Fuß überbrüht, sein Bein, es zuckte und zappelte wie ein Fisch – ...« Er spürte eine Erschütterung in dem Körper, der so dicht bei seinem stand. Es war ein Zusammenbrechen und ein tiefempfundenes Erinnern, das Hegenberg mehr bewegte, als er es hätte ausdrücken können. Hilflos berührte er ihr Haar, ihren Rücken. Seine Arme schloß er um sie. Und auf einmal spürte er Finger, die mit wiedererwachter und verzweifelter Kraft seine Haut zerfurchten, als wollten sie ihm zeigen, daß ein Schmerz nur mit Schmerzen auszulöschen sei; seine Hände strichen über Stellen, die sich fest und weich zugleich anfaßten; und Ewigkeiten oder Sekunden später berührte er auch eine Wade; über die er so zart strich, wie er nur konnte, denn unter seinen tastenden Fingern fühlte er das Fleisch verwüstet. – Und er erkannte sie.

»Violeta ...« Wie oft hatte er diesen Namen in den vergangenen Stunden geflüstert, waren es zwanzig, waren es dreißig Mal gewesen? Er konnte sich nicht satt hören an diesem Klang, den seine Lippen formten, und das Wunder war ein immergleiches: Das Geheimnis, das jener andere Mensch war, entfaltete sich für die Dauer des geflüsterten Namens; ungläubig und beschwörend sagte er ihn her, um mit den

Silben alle Augenblicke ihres Glückes zu bannen, und im Staunen darüber war es, daß er für einen Moment der Zeit zu entkommen schien, die weiterlief, während er verharrte und schaute.

»Violeta …« An seiner Schulter schlief sie, die Haare über seine Brust gebreitet. Er fühlte ein Wissen, an dem kein Zweifel möglich war – nicht obwohl, sondern *weil* man es nie würde beweisen können, und diese Gewißheit war ein Segen. Von dieser Illusion beschattet, schaffte und gedieh der Mensch.

»Violeta …« Ein Wind strich über ihre Körper, und wie entzückt war Hegenberg, als es endlich sein eigener Name war, den er zur Anwort bekam, denn ein liebliches Röhren drang jetzt von Violetas Lippen. Sie rührte sich ein wenig, lächelte, hielt dabei die Augen geschlossen, und auch er ließ den Kopf wieder erschöpft zurücksinken, und er erwachte erst, als die Sonne schon hoch stand, geweckt von der Hitze eines neuen, sonnendurchglühten Tages, geweckt von Gedanken an Santin.

Hegenberg wurde nervös, er geriet in Eile, auch wenn er die Gedanken beiseite zu drängen suchte, daß sie nicht völlig von ihm Besitz ergriffen, aber es wollte ihm nicht gelingen. So brachen sie unverzüglich auf. Über Sandbänke und Waldpfade liefen sie, manchmal einander sacht streifend, aber ohne viel zu sagen, und sie hatten die Hütte noch nicht erreicht, da trat ihnen der Chico entgegen.

»Wo kommst du her!«, fuhr er Hegenberg an, »wir haben dich die halbe Nacht gesucht! Oder muß dir auch erst noch etwas widerfahren, daß du nicht allein in der Wildnis herumspazierst?« Zornig und überrascht ließ der Chico seinen Blick zwischen den Ankömmlingen hin und her wandern. »Man kann von Glück sagen, daß dir nichts passiert ist! … Hm, außer ein paar Kratzern vielleicht. Und wie kommt es überhaupt, daß ihr – … Ach.« Unwirsch winkte er ab. »Darüber reden wir später.« Seine Tochter bedachte er mit einem mißtrauischen Blick, dann wendete er sich wieder an den jungen Mann. »Was nämlich deinen Freund angeht, so muß ich dir sagen – «

Hegenberg erschrak. »Was ist? Wie geht es ihm?«

»Das fällt dir aber früh ein«, versetzte der Chico. »Sein Zustand ist miserabel. Osmarino hat bis vorhin an seinem Bett gewacht, aber nur einmal ist er kurz zu Bewußtsein gekommen, seit er heute morgen … Ja, ich fürchte, er hat sich am frühen Morgen übernommen.«

»Mein Gott«, rief Hegenberg, »was ist denn passiert?«

»Nun, ich fand ihn, noch bevor es hell wurde. Ich war aufgestanden, um die Schweine zu füttern, aber auf dem Weg zur Tür hörte ich ein Geräusch, von hinten, wo das Bett steht. Ich habe gleich nach dem rechten gesehen; du mußt wissen, manchmal klettern die Ziegen hinein, und zuerst dachte ich, eine von ihnen würde sich über den Reis hermachen, den ich ihm am Vorabend neben das Bett gestellt hatte. Nur war es weder eine Ziege noch ein anderes Tier. Ein Schleifen und Ächzen hörte ich, und dann sah ich, daß es dein Freund war, der auf dem Boden zusammenbrach.«

»Auf dem – … Um Himmels willen! Was machte er auf dem Boden?«

»Er muß wohl gleich als erster wach gewesen sein.«

»Aber warum, warum?«

Der Chico blinzelte. »Er hat im Dunklen seine Sachen gepackt.«

Hegenberg hörte schon nicht mehr hin. Er hatte Vater und Tochter stehengelassen und hetzte mit langen Sätzen zur Hütte. Wären es nur Furcht und Sorge gewesen, die er verspürte; aber er fühlte sich jetzt einem Gedanken ausgeliefert, der über seinem Gewissen kreiste und immerfort herabstieß: Was auch jemals zwischen ihnen gewesen war – wie hatte er den anderen im Stich lassen können! Er konnte dafür Erklärungen, aber keine Entschuldigung finden; was Hegenberg einst auf seinem Lebensfundament errichtet, gepriesen und schließlich eingerissen hatte, war ausgerechnet über einem anderen zusammengestürzt.

Hegenberg trat in die Hütte. Kurz blieb er stehen, um sich an das Halbdämmer zu gewöhnen; es war stickig hier drinnen, und der Geruch nach Urin, getrockneten Palmblättern und etwas Faulem kam ihm noch stärker vor als am Tag zuvor. Mit leisen Schritten näherte er sich dem Bett.

»Georg?«

Der Verletzte reagierte nicht. Seine Augen waren geschlossen. Ab und zu hörte man ein Stöhnen, aber nicht nur von den Lippen des Fiebernden kam es, auch aus einer Ecke der Hütte drangen die Laute, und erst jetzt bemerkte Hegenberg ein paar kleine Kinder auf dem Boden. Sie waren in ein seltsames Spiel vertieft. Eines von ihnen lag auf dem Boden, während die anderen sich an ihm zu schaffen machten; es zuckte und ahmte nach, was es den Tag, die Nacht über von Santin vernommen hatte – wie ein Echo war es, der Nachhall einer fürchterlich vertrauten, unauslöschlichen Weise. Hegenberg trat zu den Kleinen und strich über ihre Köpfe, den Zeigefinger auf die geschlossenen, gespitzten Lippen gelegt, und als etwas Ruhe eingekehrt war, setzte er sich zu Santin. Er tupfte ihm den Schweiß von der Stirn. Und lange betrachtete er den Freund. Wie hoffte er, noch einmal mit ihm reden zu können, ihm zu erklären, ihn zu bestärken, ihn heimzubringen! Er strich über die Wangen des Fiebernden, schob das Laken hoch zu Santins Kinn, als er ihn von Frösten geschüttelt sah, und – wartete.

»Georg!«

Könnte er ihn bloß mit dieser Silbe beschwören, zurückholen, heilen, dem Dasein verpflichten! Könnte er bloß etwas tun!

Auf einmal hob Santin die müden, schweren Lider.

»Da bist du ja endlich«, sagte er.

»Georg, wie geht es dir?«, fragte Hegenberg.

»Siehst du doch.« Santin verzog keine Miene.

Hegenberg fuhr betroffen zusammen. Und er spürte, wie der andere ihn zu mustern begann, während er selbst sich mehr und mehr unter den prüfenden Blicken wand. Der Verletzte winkte ihn näher zu sich heran:

»Laß dich mal anschauen«, sagte Santin, und nach einer Weile bemerkte er, als ob es nichts wichtigeres gäbe: »Du siehst aber ganz schön mitgenommen aus.«

Hegenberg stutzte. Was sollte das? Man konnte es Santins schwacher Stimme nicht anhören, was für einen Tonfall sie hatte, und Hegenbergs Verunsicherung wuchs. Machte er sich über ihn lustig?

»Wer, ich?«

Eine Augenbraue hob sich. »Wer denn sonst.«

Hegenberg war jetzt auf alles gefaßt.

Santin ließ ihn warten. »Weißt du«, sagte er schließlich, als Hegenberg es kaum noch aushielt, »ich habe mir ein paar Gedanken gemacht.«

»Ja? Über … mich?« Hegenberg fühlte sich kläglich, zumal sich nun auch Santins Augenbraue weiter nach oben verzogen hatte.

Der andere schien jeden Moment auszukosten. »Jetzt kann ich es dir endlich noch einmal ins Gesicht sagen…«

… und bei diesen Worten begann es unter Hegenbergs Auge zu zucken…

»… Was allein zählt, …«

– jetzt schluckte Hegenberg –

»… ist Einsicht…«

– und wie Hegenberg da…

»… und ein ganz klein wenig Reue…«

… befreit in sich zusammenfiel!

»Und im übrigen siehst du wirklich ganz schön mitgenommen aus.« Santins Stimme klang belustigt, daran war nicht mehr zu zweifeln. Nur das Sprechen fiel ihm zusehends schwerer. »Sag, hast du dich heute schon einmal angeschaut? Fast könnte man meinen, du seiest durch die halbe Várzea gerobbt und hättest keine Pfütze, kein Gestrüpp ausgelassen … – Wilmar? Was machst du denn da für ein Gesicht?«

In diesem Moment rumorte es an der Tür. Eine kleine, zarte Person erschien, aber als sie die beiden Freunde so vertraut beieinander fand, machte sie kehrt und war, noch ehe man ihr etwas zurufen konnte, verschwunden.

»Ach.« Santin hatte aufmerksam Hegenbergs Mienenspiel verfolgt. Nun schaute er den anderen mit einem schwachen, aber unverschämten Grinsen an; dieser jedoch wich aus und zupfte lieber am Laken.

»Ja, was war denn das!« Santin lachte. »Da bist du also offensichtlich sogar mit Sturmgepäck durch die Várzea gerobbt – und nicht nur am Abend, sondern bis weit in den nächsten Tag hinein!«

Hegenberg widmete sich einer Blechtasse, die halbvoll neben dem Bett stand. »Sag, reicht dir das Wasser – oder willst du vielleicht frisches?«

»... nein, nein, hab vielen Dank ...«

»Georg, bist du dir sicher?«

»Ja, ganz außerordentlich sicher, und jetzt mal raus mit der Sprache: *Und*?«

»Hör mal«, protestierte Hegenberg, »was soll diese Fragerei! Du meinst, ob – ...?«

Da trafen sich ihre Blicke, und im selben Augenblick kam ihnen in den Sinn, daß ihre Rollen einmal vertauscht gewesen waren. Sie lächelten einander an. Wie lange das her schien! Wie ernst, wie fröhlich war jene Nacht! Wie hitzig ihre Köpfe! Und wie ausgelassen hatten sie gelacht, bis Hegenberg mit seltsam erfrischter Zunge ...

»Sag«, sprach mit einem Mal Santin, »wie war noch einmal der Vers, der dir an jenem Abend eingefallen ist?«

»Nun«, erwiderte Hegenberg, und er gab sich Mühe, eine harmlose Miene zu machen, »es ist besser, du schonst dich jetzt. Ich sage ihn dir, wenn wir wieder in Cruzeiro do Sul sind.«

»Wenn wir wieder – …?«

»Ja, ganz richtig!«, entgegnete Hegenberg hastig. Er vermied es, in Santins Augen zu sehen.

»Wilmar! Wenn wir im Innenhof der Missionsstation sitzen?«

»Ja! Ja!«, rief Hegenberg, und Tränen stürzten über seine Wangen.

Santin aber schüttelte den Kopf. »Bitte«, sagte er. »Sag ihn mir jetzt.«

»Nein! Das hier ist wirklich nicht der richtige…«

»Wilmar«, sagte Santin. »Hörst du nicht? Ich will es so.«

Und Hegenberg fügte sich. Seine Stimme war rauh, als er die Zeilen aufsagte, und gebannt war er von der unheimlichen Heiterkeit, die dem anderen das Gesicht erhellte. Die aufgerissenen, vergnügten Augen! Das Flackern darin! Auf einmal stemmte Santin sich mit ungestümer Kraft empor. Er lächelte. Und dann sank er…

… zurück…

*

Georg Santin wurde in Humaitá beigesetzt. Bis auf den alten Gabriel José da Costa, der zwar weise und wach war, aber wegen eines Fußleidens nicht mehr gehen konnte, kamen trotz andauernden Regens alle Bewohner des Ortes zu den Trauerfeierlichkeiten. Padre Guilherme hielt eine ergreifende Ansprache, zu der ihn der Ortsvorsteher, der von den Selbstvorwürfen des Geistlichen nichts wußte, später beglückwünschte – aus Rücksicht auf Hegenberg geschah dies selbstverständlich unter vier Augen. Hegenberg, dem hilflosen Zeugen des Unglücks, der mit Santin zudem einen Freund verloren hatte, spendete man indessen wortreich Trost; in den Tagen nach dem Begräbnis brachte man ihm selbstgemachte Tapioca-Fladen und süßen ›Bolo mole‹ vorbei, was einerseits am Mitgefühl der Menschen lag, und auch, weil es ihnen als die rücksichtsvollste Art und Weise erschien, den Fremden vor seiner Abreise nochmals eingehend betrachten zu können. Mit versteinerter Miene nahm Hegenberg die Kondolenzen entgegen. Padre Guilherme wachte über ihn mit sorgenvollen Blicken, und ein ums andere Mal, wenn sie unter sich waren, versicherte ihm der Pater, daß Hegenberg sich nichts vorzuwerfen und schon gar nichts zu ›arrependieren‹ habe. Was hätte er denn tun können? Gemeinsam mit dem Pater kehrte der junge Mann schließlich nach Cruzeiro do Sul zurück, und obgleich er mit dem Gedanken gespielt hatte, sofort heimzukehren, besann er sich im letzten Moment eines anderen und verbrachte auf eigenen Wunsch die noch verbleibende Praktikumszeit in der Missionsstation am Juruá. Die anderen achteten sein Bedürfnis nach Ruhe und Einsamkeit, auch wenn sie sich manchmal darüber wunderten, daß er ausgerechnet durch die Várzea spazieren wollte, wo nur Abfälle und Pfützen sind und man am Abend die Hand nicht vor Augen sieht. Es war, kurz bevor er Cruzeiro verließ, daß ihn an einem dieser Abende ein seltsamer Gedanke befiel: Er hatte vielleicht nicht gelernt, Kaimane mit der Hand zu fangen, aber als er jetzt an den anderen dachte, empfand er mit einem Mal so etwas wie Glück.

Finis

1. Auflage 2004

Coverdesign und Karten: Chrish Klose
Lektorat: Dr. Wolfgang Lasinger
Typografie und Satz: Frese, München
Druck und Bindung: Friedrich Pustet, Regensburg
Printed in Germany

ISBN 3-936738-11-4

Kontakt:
look@blumenbar.de
www.blumenbar.de